KB093771

어린이를 위한
독서 습관의 힘

1판 1쇄 펴냄 2014년 10월 30일

지은이 이아연
그린이 최지영
편집 박경화, 최민경, 황설경, 이은영, 유나리
마케팅 송만석, 한아름

펴낸이 하진석
펴낸곳 참돌어린이

주소 서울시 마포구 독막로 3길 8
전화 02-518-3919
팩스 0505-318-3919
이메일 book@charmdol.com
신고번호 제313-2011-157호
신고일자 2011년 5월 30일

ISBN 978-89-97592-64-7 64800

어린이를 위한 독서 습관의 힘

어린이를 위한 독서 습관의 힘

이아연 지음 | 최지영 그림

참돌어린이

사람들은 성공한 위인들을 보며 간혹 이런 생각을 합니다.

"태어날 때부터 머리가 좋았을 거야."

"도와주는 사람이 많지 않았을까?"

전기문에서는 위인들을 어릴 때부터 똑똑하고 정신력이 강인했던 사람으로 묘사해요. 그래서 우리는 그들이 어릴 때부터 뛰어난 사람이었다고 생각하고 '위인들은 우리와는 다른 사람이야.'라고 단정할 수도 있어요.

그렇다면 정말 위인들은 태어날 때부터 뛰어났을까요?

윈스턴 처칠은 어린 시절 다른 아이들보다 공부를 못한다는 이유로 가족과 학교로부터 홀대를 받았어요. 아인슈타인과 에디슨은 수업에 적응하지 못해 학교를 떠나야 했고요. 링컨은 10대가 되어서야 글을 제대로 읽을 수 있었습니다.

독일의 소설가인 마르틴 발저는 이렇게 말했어요.

"우리는 우리가 읽은 것으로 만들어진다."

이 책에서 만나게 될 위인들은 대개 태어날 때부터 총명하지 못했고, 부유한 집안에서 태어난 것도 아니었어요. 이를 극복하고자 그들은 보통 사람보다 열 배, 스무 배가 넘는 노력을 했습니다. 무엇보다도 그들을 오늘날 위인이라고 불릴 만큼 성장시킨 것은 바로 '독서'였습니다.

세종대왕은 눈병을 앓으면서도 책을 손에서 놓지 않고 백 번씩 읽었어요. 넬슨 만델라는 감옥에서도 열심히 책을 읽고 훌륭한 인권 운동가가 될 수 있었습니다.

이뿐인가요? 박제가는 서자로 태어난 설움을 독서로 풀었고, 프랑스의 영웅 나폴레옹은 책 속에서 전쟁을 승리로 이끄는 방법을 발견했습니다.

인터넷과 텔레비전과 같은 매체가 발달하면서 독서하는 사람이 줄어들고 있어요. 하지만 우리가 쌓게 되는 지식과 사람들과의 대화에서 독서는 아주 큰 영향을 끼쳐요. 그래서 우리 삶에서 독서는 여전히 중요한 것이랍니다.

좋은 책을 읽는 것은 지난 몇 세기에 걸쳐 가장 훌륭한 사람들과 대화하는 것과 같고, 새로운 친구를 얻는 것과도 같아요. 그리고 책에서 받은 감동으로 오랫동안 즐거운 시간을 보낼 수도 있지요.

우리나라는 2012년 올해를 독서의 해로 선정했어요. 독서의 해에 여러분을 즐겁게 해 줄 수 있는 많은 책과 시간을 보내 보세요. 상상만 해도 즐거운 독서! 우선 이 책으로 시작해 보면 어떨까요?

2012년 6월 여름의 문턱에서
지은이 이아연

차 례

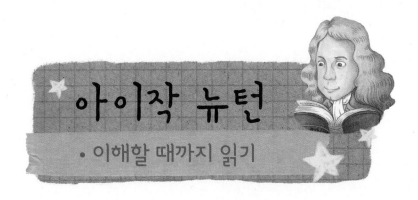

아이작 뉴턴
• 이해할 때까지 읽기

뉴턴은 어릴 때부터 독서를 좋아했어요. 하지만 본격적으로 책을 읽기 시작한 건 대학교 입학 이후부터예요.

어느 날, 뉴턴은 친구와 함께 도서관에 갔어요. 친구는 뉴턴이 빌리는 책을 들여다보았어요.

"데카르트의 ≪해석 기하학≫ 읽으려고? 유클리드의 ≪기하학 원론≫은 다 읽었어?"

당시 수학 공부를 시작하는 사람이라면 누구나 유클리드의 ≪기하학 원론≫이나 이것을 쉽게 풀어 쓴 책을 보았어요. 이에 비해 데카르트의 ≪해석 기하학≫은 최신 학문이라 기초를 다져 두지 않으면 이해하기 매우 어려운 책이었지요.

뉴턴은 친구의 질문에 고개를 가로저었어요. 친구는 의아해하는 표정으로 물었어요.

"혹시 교수님이 읽으라고 시킨 거야?"

"아니야. 내가 고른 거야."

뉴턴은 읽어야 할 책들을 스스로 골랐어요. 그리고 책을 읽으면서 늘 혼자 공부하고 궁리했습니다.

"그럼 유클리드의 책을 건너뛰고 바로 데카르트의 책을 읽는다고? 이해할 수 있겠어? 내 생각엔 어려울 것 같은데……."

친구의 말은 틀리지 않았어요. 뉴턴은 똑똑한 사람이었지만 기하학에 대한 기초 지식이 없었기 때문에 데카르트의 ≪해석 기하학≫은 매우 어려웠어요. 하지만 그는 포기하지 않았어요. 아무리 어려워도 이해하려 노력하면서 차근차근히 읽어 나갔어요. 읽다 보면 모르는 부분이 나와 막히는 일이 많았어요.

'다시 처음부터 읽자.'

뉴턴은 막히는 부분이 있으면 첫 페이지부터 다시 읽었어요. 그렇게 하다 보면 몰랐던 부분을 이해하게 되고 그다음엔 처음보다 좀 더 많이 읽을 수 있었어요. 또 막히면 처음부터 다시 읽기를 반복했어요.

몇 달이 지났어요. 책의 반도 읽지 못한 뉴턴을 보고 친구가 말했어요.

"아직도 그것밖에 못 읽은 거야? 역시 유클리드의 책을 먼저 읽는 게 낫지 않겠어?"

친구의 조언이 고마웠지만 뉴턴은 그만둘 생각은 없었어요. 그는 자신이 읽는 방식대로 계속해서 책을 읽어 나갔어요.

앞으로 돌아가기를 반복하면서 책을 읽는 일은 상당히 많은 시간과 끈기가 필요했어요. 뉴턴은 모든 집중력을 발휘했어요.

그는 막히는 부분을 정확히 파악할 때까지 꼼짝하지 않고 궁리했어요. 별만 반짝이는 깜깜한 밤부터 동이 트는 새벽녘까지 문제만 바라보고 있는 날도 있었어요.

뉴턴은 책 한 권을 두고 자기 자신과의 싸움을 이어나갔어요.

"드디어 다 읽었다!"

≪해석 기하학≫의 마지막 장을 넘기며 뉴턴은 기쁨에 차 소리쳤어요.

시간이 아주 오래 걸리긴 했지만 책 읽기를 마친 후 뉴턴은 여러 종류의 책 열 권을 대충 읽는 것보다 훨씬 깊게 많은 것을 깨달았어요.

이렇게 반복해서 책을 읽으면 책 속에 담긴 내용을 바르게 이해할 수 있을 뿐만 아니라 오랫동안 속속들이 기억하게 되는 장점이 있었어요. 게다가 한 책을 계속해서 읽으니 무엇을 주의 깊게 읽어야 하는지에 대한 감각이 생겼어요.

이렇게 해서 차곡차곡 쌓인 깊이 있는 지식들은 훗날 뉴턴이 '가속도의 법칙'과 '만유인력의 법칙' 등 역사에 한 획을 긋는 법칙들을 발견하는 토대가 되었습니다.

최고가 된 위인

뉴턴은 1642년 12월 25일 잉글랜드 동부에 있는 작은 마을에서 미숙아로 태어났어요. 농부였던 아버지는 뉴턴이 태어나기 몇 달 전에 세상을 떠났어요. 그리고 그가 세 살이 되던 해에 어머니는 어느 목사와 재혼을 했어요.

"이 아이를 데려갈 순 없어요. 좀 맡아 주세요."

어머니는 뉴턴을 할머니에게 맡겼어요. 이렇게 해서 어린 뉴턴은 부모님 대신 할머니의 보살핌을 받으며 자랐어요.

뉴턴의 어린 시절은 외롭고 우울하기만 했어요.

"너 칠삭둥이라며? 그럼 뭔가 문제 있는 거 아니야?"

"야, 쟤랑 놀지 마. 쟨 너무 가난해."

다른 아이들에게 놀림의 대상이었던 뉴턴은 늘 외톨이였어요. 그래서 뉴턴은 친구들과 노는 대신 책을 읽고 골똘히 생각을 하며 시간을 보냈어요.

뉴턴은 이해할 수 없는 것들이 싫었어요. 그래서 책의 내용뿐만 아니라 주변에서 일어나는 모든 일을 완벽히 이해할 때까지 파고들었어요. 집중력은 저절로 생길 수밖에 없었지요.

뉴턴은 해는 눈부시게 환한데, 달은 왜 그렇지 않
은지 궁금했어요.

"해는 왜 밝을까?"

어린 뉴턴은 해가 스스로 빛을 낸다는 걸 모르고
있었어요. 그래서 정원 한가운데 서서 하루 종일 해
를 바라보았어요.

너무 밝은 빛을 오래 보면 눈의 각막이 상해서 시력을 잃을 수도 있지요. 이 때문에 뉴턴은 며칠 동안 깜깜한 방에 누워 있어야 했어요.

이렇듯 뉴턴은 독서면 독서, 공부면 공부, 뭐든 미심쩍은 것이 있으면 그걸 꼭 이해하고 넘어갔어요. 이런 습관 때문에 공부한 분야를 좀 더 깊게 이해할 수 있었습니다. 덕분에 우리는 뉴턴이 증명한, 인류 역사상 가장 중요한 여러 과학 법칙을 공부할 수 있지요.

여러분의 독서 습관은 어떤가요? 혹시 조금이라도 지루하면 슬그머니 눈치를 보며 넘겨 버리진 않나요? 사실은 잘 모르지만 다 이해하는 척하며 넘어가지 않나요?

물론 모든 독서가 재미있을 수는 없어요. 가끔은 아주 어렵게 느껴질 수도 있지요. 하지만 책의 내용을 올바르게 이해하는 건 아주 중요한 문제예요. 여러 권의 책을 읽는 것도 좋지만 더 좋은 건 한 권의 책을 제대로 읽는 거예요. 책을 대충 읽는 건 아까운 시간을 낭비하는 일이 될지도 몰라요.

'이 책은 꼭 다 이해하고 말겠어!'

이렇게 마음먹는 순간, 그 책에 담긴 지식은 온전히 여러분의 것이 될 거예요.

뉴턴은 궁금한 게 생기면 그 문제가 풀릴 때까지 집중하고 또 집중했어요.

이런 엄청난 집중력 때문에 황당하고 엉뚱한 일들이 많았답니다. 어떤 일에 집중을 하면 다른 일은 까맣게 잊어버렸어요.

한 번은 이런 일이 있었어요. 수학 문제 푸는 것을 매우 좋아했던 뉴턴은 그날도 어김없이 수학 문제에 빠져 있었어요. 얼마나 집중을 했는지 주위에서 무슨 일이 일어나는지 모를 정도였어요.

친구는 뉴턴을 골려 주려고 뉴턴의 도시락을 몰래 먹어 버렸어요. 수학 문제를 다 풀고 점심을 먹으려던 뉴턴은 텅 비어 있는 도시락을 보고 이렇게 말했어요.

"아차차! 내가 아까 점심을 먹고 또 먹으려고 하고 있네. 내 정신 좀 봐."

그 모습을 지켜보고 있던 친구가 황당해하며 말했어요.

"어이, 뉴턴! 그 점심 도시락은 내가 먹었어. 넌 네 점심을 먹었는지, 안 먹었는지도 모르니?"

그 말을 듣고 뉴턴은 이렇게 말했어요.

"그래? 어쩐지⋯⋯. 배가 고프더라⋯⋯."

자신이 점심을 안 먹었는지조차 기억을 못 할 정도로 뉴턴은 자신이 좋아하는 일에는 엄청난 집중력을 보였어요.

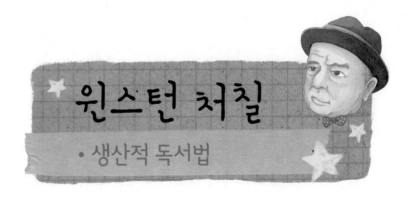

윈스턴 처칠

• 생산적 독서법

처칠이 스물두 살이 되던 해였어요. 그는 인도에 있는 영국 식민지 부대에서 장교로 근무하고 있었어요. 어느 날, 함께 군 복무를 하는 친구가 처칠에게 물었어요.

"오늘 저녁에 뭐해?"

"아무 약속도 없는데, 왜?"

"요즘 너무 지겹지 않아? 늘 나이든 군인들만 상대해야 하잖아. 가끔은 나가서 우리 또래 애들과 어울려야지."

심심한 차에 잘됐다 싶어 처칠은 흔쾌히 찬성했어요.

처칠과 친구는 화려한 장식이 달린 군복을 입고 옆구리에 긴 칼을 찼어요. 처칠이 신은 가죽 장화가 유독 반짝거렸어요. 말에서 내린 두 사람은 으스대며 사람들이 모여 있는 방 안으로 들어갔어요.

스무 살 남짓 된 사람들은 모두 소박한 차림이었어요. 근처 대학의 졸업생들이라고 자신을 소개한 그들은 대화를 이어나갔어요.

"너 애덤 스미스의 《국부론》 읽어 봤니?"

"물론이지. 꽤 흥미로운 내용이야. 난 요즘 찰스 다윈의 《종의 기원》을 읽고 있어."

"오, 그 책도 매우 유익하다고 하던데. 나도 언제 한번 읽어 보려고 해."

처칠의 눈이 휘둥그레졌어요. 도대체 무슨 이야기를 하는지 하나도 알아들을 수 없었기 때문이에요. 마치 그들은 이 나이쯤 되면 당연히 알아야 한다고 생각하는 것 같았습니다.

"처칠, 넌 어떻게 생각해?"

"나? 나는 말이지……."

처칠은 제대로 대답할 수 없었어요.

어린 시절, 처칠은 책을 많이 읽는 학생이 아니었어요. 시를 암송하기는 좋아했지만 문학 책 말고는 거의 읽지 않았습니다. 그 당시에는 책과 친구가 될 수 있다고 생각하지 못했기 때문이에요.

처칠은 자신의 무지를 깨닫고 부끄러워졌어요. 그래서 곧바로 집으로 돌아가 우선 읽어야 할 책 목록을 만들었어요.

'일단 고전부터 읽어 보자.'

처칠은 누구나 알 만한 명작부터 읽기 시작했어요. 그리고 문학, 역사, 철학, 법학, 정치학에 이르기까지 분야를 다양하게 넓혀 나갔어요. 한여름의 찌는 더위 속에서도 하루에 네다섯 권씩 책을 읽자 주위 사람들은 그의 건강을 걱정했어요. 하지만 처칠은 멈출 수 없었어요.

처칠은 이제 막 싹을 틔운 새싹과 같았어요. 책은 그에게 잘 자랄 수 있는 물이자 충분한 햇살이 되어 주었어요. 어떤 날엔 영양가 높은 퇴비였고, 씨를 물어다 주는 제비와도 같았습니다. 이제껏 총과 칼이 세상을 이끄는 힘이라고 생각했던 처칠은 독서광이 되면서 생각이 바뀌었어요.

'세상의 중심에 서는 힘은 독서에 있다!'

처칠은 한 권의 책을 여러 번 반복해서 읽으며 암기했어요. 좋은 단어와 문장을 많이 외우니 생각하는 힘과 표현하는 힘이 길러졌어요.

어려서부터 항상 자신이 없고 주눅 들어 있는 처칠은 책과 친구가 된 후 세상을 긍정적으로 바라보게 되었어요. 자신감이 생기니까 마음의 여유도 생겼어요.

처칠은 아무리 어렵고 힘든 때에도 유머를 잃지 않게 되었습니다. 그래서 처칠은 죽는 순간까지 손에서 책을 놓지 않았어요.

최고가 된 위인

2002년 영국인 백만 명을 대상으로 조사한 '위대한 영국인 백 명' 중 1위를 차지한 윈스턴 처칠. 오늘날 처칠의 이름을 딴 초등학교만 열 곳이 넘어요. 정치인의 이름을 따서 학교 이름을 짓는 전통이 없는 영국에서 말이지요. 이 사실만 봐도 영국인들이 그를 얼마나 좋아하는지 알 수 있어요.

처칠은 명문 귀족의 후손이에요. 아버지인 랜돌프 처칠 경은 재무 장관을 지냈고 어머니는 뉴욕 은행가의 딸이었어요. 처칠이 부유한 집안의 아들이라 행복한 어린 시절을 보냈을 것 같지요? 하지만 의외로 처칠은 외로운 아이였어요.

처칠은 문장을 몇 번씩 외우지 않으면 안 될 만큼 지능 발달이 늦었기 때문에 아버지는 그를 지진아로 여겼어요. 어머니는 사교 활동을 하느라 그에게 관심을 주지 않았습니다.

처칠은 부모님의 무관심과 선생님의 질타 속에서 말썽꾸러기 낙제생 취급을 받았어요. 선생님은 처칠에 대해 이렇게 기록했어요.

'품행이 믿을 수 없이 나쁜 학생으로, 의욕과 야심이 없고 다른 학생들과

자주 다투며, 상습적으로 지각한다. 또한 물건을 제대로 챙기지 못하며 야무지지 못하다.'

그는 학교를 다니는 내내 열등반에서 공부를 했고 어떤 수업은 세 번씩이나 수강해야 했어요. 성적이 나빠 대학에 갈 수 없었던 처칠은 육군 사관학교에 지원했지만 그마저도 번번이 시험에서 떨어졌어요.

삼수 끝에 겨우 사관 학교에 들어갈 수 있었던 그가 어떻게 해서 총리가되었고 전쟁을 승리로 이끌었을까요? 처칠은 하루도 책을 손에서 놓지 않는 독서광이었어요. 그는 이렇게 말하며 독서를 권유했어요.

"설령 책이 당신의 친구가 되지는 못하더라도, 최소한 당신과 아는 사이는 될 수 있지 않은가? 책이 당신의 삶의 범위 안으로 들어오지는 못한다해도, 아는 체하며 가벼운 인사 정도는 반드시 하고 지낼 일이다."

그는 책을 많이 읽기도 했지만 책의 내용을 자기 것으로 소화해 마음의양식으로 삼는 '생산적 독서법'을 꾸준히 실천한 것으로 유명해요.

생산적 독서법이란 책을 읽으면서 좋은 문장을 외우고 글로 직접 써 보거나 다른 사람과 의견을 나누며 토론하는 방식을 말해요.

학교나 사회에서 혼자만 할 수 있는 일은 드물어요. 여러 사람과 많은 대화를 나누고 토론을 해야 하는 경우가 많지요. 이때 나의 이야기만 하는 것

이 아니라 상대방의 이야기도 함께 주의 깊게 들을 줄 알아야 해요.

처칠의 독서법은 주인공의 행동, 작가의 관점에 대해 이야기하면서 다양하게 분석할 수 있는 능력을 키워 주기 때문에 다른 사람의 생각을 이해하는 데 많은 도움을 줘요. 덕분에 효과적인 토론 문화를 형성할 수 있어요.

책 속의 좋은 단어와 문장을 외우고, 토론을 하며 다른 사람들의 의견을 들었기에 처칠은 영국인들에게 희망과 용기를 불어 넣는 연설을 할 수 있었어요.

윈스턴 처칠은 글과 그림에도 재주가 많은 사람이었어요.

신문에 글을 기고한 것은 물론 소설, 전기, 역사서 등을 집필한 작가였어요. 대표작은 여섯 권짜리 ≪제2차 세계대전≫과 로마 시대의 카이사르의 영국 침공 시기부터 제1차 세계대전까지를 그린 ≪영어 사용민의 역사≫예요.

그는 '전기와 역사서에서 보여 준 탁월함과 고양된 인간적 가치를 수호하기 위해 행한 훌륭한 연설'을 이유로 1953년에 노벨 문학상을 수상했어요.

처칠은 아마추어 수준을 뛰어넘는 화가이기도 했어요. 1915년 해군장관직에서 물러난 후부터 그림에 몰두하기 시작했는데 그림은 그에게 천국과도 같았어요. 특히 인상파풍의 풍경화를 잘 그린 것으로 유명하답니다. 여러 나라에서 전시회를 열었고 나중에는 미국에서 회고전을 열기도 했어요.

직업 때문에 사람들에게 활기차고 용기 있는 사람으로 보여야 했던 처칠은 외롭고 힘들 때가 많았어요. 그는 이러한 취미들을 통해 스트레스와 우울에서 잠시라도 벗어날 수 있었습니다.

세종대왕

• 백 번 읽고 백 번 익히기

충녕대군은 책 읽기를 좋아했어요. 하루에 수십 권의 책을 뒤져 샅샅이 살펴보는 건 기본이었고 심지어 식사를 할 때도 상 옆에 책을 펼쳐 놓았습니다.

"저하, 그러다 눈이 나빠지실까 염려되옵니다."

보필하는 사람 모두가 걱정했어요. 하지만 충녕대군은 책에서 눈을 떼지 않았습니다.

충녕대군은 특히 역사책을 좋아했어요. 나라를 어떻게 다스리는지 알려 주는 ≪춘추≫는 서른 번도 넘게 읽었고, 임금의 마음가짐에 대해 적혀 있는 ≪대학≫은 백 번이나 읽었습니다. 그는 책을 다시 읽을 때마다 놀랐어요.

'몇 번을 읽어도 늘 새롭단 말이야!'

충녕대군은 책을 묶은 가죽 끈이 세 번이나 끊어지도록 책장을 넘겼다는, 중국의 사상가 공자의 말을 늘 가슴에 새겼어요.

'백 번 읽으면 뜻이 자연히 드러난다.'

밤낮을 가리지 않고 책을 읽던 충녕대군은 사람들의 우려대로 결국 눈병을 앓게 되었어요. 이 소식이 충녕대군의 아버지인 태종대왕의 귀에 들어가게 되었어요.

"뭐라? 충녕대군이 앓아누웠다고?"

"예, 전하. 눈이 피로하시어 그리 되신 듯하옵니다."

태종대왕은 가만히 있을 수 없었어요.

"당장 충녕대군의 방으로 가서 모든 책을 치우거라."

왕의 명령을 받은 신하들은 충녕대군의 방으로 와 모든 책을 치우기 시작했어요. 충녕대군은 반항하고 싶었지만 왕의 명령을 어길 수는 없었습니다.

그 많던 책이 사라지자 충녕대군의 방은 썰렁해졌어요. 책을 모두 치웠다고 생각한 신하가 말했어요.

"눈병이 다 나을 때까지 바깥에 절대 나가지 말라는 전하의 분부가 있었습니다."

충녕대군은 한숨을 쉬었어요.

'책도 없이 방에서 뭘 하고 있으란 말이지?'

깊어 가는 밤이었어요. 잠이 오지 않아 몸을 뒤척이던 충녕대군은 병풍 사이에 떨어져 있는 무언가를 발견했어요.

그건 책이었어요! 책을 치우던 사람들이 책을 옮기던 중에 실수로 한 권을 떨어뜨리고 간 것이었습니다. 아무도 보고 있지 않았지만 혹시라도 누군가가 볼까 봐, 충녕대군은 주위를 살피며 책을 주웠어요.

'≪구소수간≫?'

이 책은 중국 송나라 때 유명한 문장가인 구양수와 소식이라는 사람이 주고받은 편지를 모아 놓은 책이었어요. 예전에 선물 받은 책이었으나 평소 역사책에 빠져 지내느라 읽지 못한 것이었습니다.

충녕대군은 이렇게 우연히 ≪구소수간≫을 읽으며 문학에 푹 빠지게 되었어요. 책이라고는 이것 한 권뿐이었기 때문에 읽고 또 읽었어요.

충녕대군의 병이 낫지 않자 걱정이 된 태종대왕은 충녕대군을 찾아왔어요.

"왜 병이 낫지 않는 것이냐? 혹시 더 큰 문제가 있는 것이 아니냐?"

충녕대군은 아버지 앞에서 거짓말을 할 수 없었어요. 충녕대군은 그제야 베개 밑에 숨겨 놓았던 책을 내밀었습니다.

태종대왕은 책을 보고 깜짝 놀랐어요. 얼마나 많이 읽었는지 책을 묶은 끈은 다 끊어져 있었고 종이는 금방이라도 찢어질 것 같았기 때문이에요. 책을 본 태종대왕은 껄껄 웃었어요. 아버지가 화를 낼 것이라고 생각했던 충녕대군은 눈을 동그랗게 떴어요. 태종대왕이 빙긋 웃으며 물었어요.

"그렇게도 책이 좋더냐?"

충녕대군은 쑥스러워하며 고개를 끄덕였어요.

"옛말에 책을 읽은 자는 현명한 사람이 된다고 하였다. 너는 책에서 떨어질 줄을 모르니 분명 누구보다도 현명한 사람으로 자랄 것이다."

태종대왕의 말대로, 충녕대군은 세종대왕이 되어 위대한 업적을 숱하게 남겼습니다.

최고가 된 위인

여러분, 한글의 바탕이 되는 훈민정음, 해시계인 앙부일구, 물시계인 자격루, 비의 양을 재는 측우기, 천체의 운행을 측정하는 혼천의의 공통점은 무엇일까요?

바로 우리 역사에서 가장 존경하는 인물 중 한 사람으로 꼽히는 세종대왕 때 만들어졌다는 점이에요.

세종대왕의 아버지인 태종대왕은 자신의 후계자는 칼이 아닌 글로써 나라를 다스려야 한다고 생각했어요. 그래서 첫째는 아니었지만 책 읽기를 좋아하고 현명한 막내 충녕대군을 세자의 자리에 앉혔어요. 그리고 그는 성군이라 일컬어지는 세종대왕이 되었습니다.

세종대왕은 한 책을 여러 번 읽는 취미가 있었어요. 세종대왕은 이렇게 생각했습니다.

'고기는 씹을수록 맛이 빠지지만 책은 읽을수록 맛이 난다.'

그는 무조건 책의 줄거리나 내용을 달달 외울 필요는 없다고 생각했어요. 그보다는 책에서 말하고자 하는 것을 곱씹어 생각하는 게 중요하다고 믿었습니다. 그리고 책을 읽으면서 자신과 관련시키고 실천에 옮기는 것이 독서의 참된 목표라고 생각했어요.

　세종대왕에게 있어서 책을 백 번 읽는다는 건 백 번을 다시 생각하고 백 번 다짐한다는 뜻이었습니다. 그는 책을 반복해서 읽으면서 처음에 지나쳤던 것을 발견하고 새롭게 생각했어요. 말 그대로 백 번 읽고 백 번 익히는 셈이지요.

　책을 사랑한 세종대왕은 밤낮으로 학문을 연구하느라 책 읽을 시간이 부족한 학자들에게 휴가를 주었어요.

　이것을 '사가독서(賜暇讀書)'라고 해요. 유능하고 젊은 신하들을 뽑아 몇 달 혹은 몇 년 동안 집에서 공부하게 했어요. 월급도 똑같이 주었기 때문에 신하들은 먹고살 걱정 없이 책만 읽으며 공부할 수 있었어요.

권채라는 신하는 3년의 독서 휴가 기간 동안 ≪대학≫과 ≪중용≫을 반복해서 읽었어요. 그러자 그 분야에서 권채를 따를 사람이 없게 되었어요. 시간을 두고 반복해서 읽고 탐구했기 때문이에요.

여러분도 긴 방학을 이용해 전집이나 시리즈를 읽어 보면 어떨까요? 여러분이 가장 좋아하는 분야를 골라 알찬 방학을 보내겠다는 다짐으로 도전해 보세요. 여러분이 흥미를 느끼는 주제이니 재미있게 읽을 수 있고, 어느 한 분야에 대한 깊은 지식을 쌓을 수 있을 거예요.

조선시대는 계급 사회였어요. 그래서 천민인 노비는 사람대접을 받지 못했습니다.

어느 날이었어요. 한 신하가 궁에 들어가던 중, 길가에 쓰러져 일어나지 못하는 노비를 보았어요. 노비는 매질을 당했는지 여기저기 상처가 많았어요. 그리고 바짝 야위어 있었습니다. 신하는 옆의 하인에게 물었어요.

"누구인데 저렇게 다 죽어 가느냐?"

"권채 대감의 노비입니다. 도망가려다가 잡히는 바람에 저리 되었다 하옵니다."

궁에 들어간 신하는 길에서 본 일을 세종대왕에게 전했어요. 세종대왕은 분노하며 말했어요.

"당장 권채를 궁으로 들라 하라!"

권채는 세종대왕이 아끼는 집현전 학자였어요. 하지만 사람을 굶기고 때려서 학대하는 건 참을 수 없었습니다.

세종대왕은 무릎을 꿇고 앉아 있는 권채에게 이렇게 말했어요.

"내게는 노비도 하늘이 내린 백성이다."

그 후 세종대왕은 주인이 노비를 마음대로 벌주지 못하도록 하는 법을 만들었어요. 계급에 상관없이 모두 자신의 백성이라고 여겼기 때문입니다.

안철수

• 책을 읽어 기초를 탄탄히!

안철수는 바둑이 배우고 싶었어요. 그는 서점으로 달려갔어요. 안철수는 배우고 싶은 것이 있으면 일단 책부터 집었어요.

'시작하기 전에 책부터 읽자. 이렇게 해서 기초부터 탄탄히 다지는 거야!'

서점에 도착한 안철수는 서점 주인아저씨에게 물었어요.

"아저씨, 바둑 책 어디 있어요?"

"저기 뒤쪽을 살펴보렴."

안철수는 책장에 꽂혀 있는 바둑 책들을 하나하나 살펴보았어요. 책에서 눈을 떼지 못하는 안철수에게 주인아저씨가 물었어요.

"바둑은 좀 둘 줄 알아?"

"아니요. 처음이에요."

주인아저씨는 이해할 수 없다는 표정으로 너털웃음을 지었어요.

"허허, 그럼 바둑알 놓는 연습부터 해야지. 책을 본다고 바둑이 저절로 익혀지나?"

안철수는 빙긋 웃으며 답했어요.

"정답은 항상 책 속에 있으니까요."

그는 바둑 책을 정독하기 시작했어요.

'바둑 내용이나 솜씨가 뛰어난 대전을 명국이라고 하는구나.'

안철수는 책을 읽으며 기초를 탄탄히 다져 나갔어요. 나중에 읽은 바둑 책을 세어 보니 무려 50권이나 되었어요.

'이 정도면 되겠지?'

어느 정도 공부가 다 되었다고 생각한 안철수는 자신보다 바둑을 잘 두는 사람에게 대결을 신청했어요.

"저하고 바둑 한판 두시죠."

"바둑을 어느 정도 두시는데요?"

상대방은 바둑을 둔 지 1년 정도 된 사람이었어요. 안철수는 자신만만하게 대답했어요.

"처음입니다."

상대방은 안철수에게 9점을 주고 바둑을 시작했어요. 하지만 경기는 안철수의 생각처럼 잘 풀리지 않았어요.

'뭐가 문제지?'

결국 안철수는 크게 지고 말았습니다. 공부는 충분히 했지만 실전 감각은 빵점이었던 거예요. 하지만 안철수는 기죽지 않았어요. 대신 이렇게 생각했어요.

'처음이니까 괜찮아. 더 많은 책을 읽자.'

안철수는 포기하지 않고 밤을 새우며 더 많은 바둑 책을 읽었어요. 책은 어렵고 이해가 되지 않는 부분도 있었어요.

'일단 무조건 외워 보자.'

안철수는 경험도 함께 쌓아 나갔어요. 대전 상대는 안철수의 실력에 놀라며 이렇게 묻곤 했어요.

"바둑 둔 지 정말 3개월밖에 안 되셨어요?"

드디어 책에서 읽고 외웠던 지식들이 빛을 보기 시작한 거예요. 외웠던 것들이 응용되면서 어느 순간부터 안철수의 바둑 실력이 엄청나게 빠른 속도로 늘었어요.

그리고 1년 후, 안철수는 아마추어 2단의 실력이 되었어요. 보통 사람은 2, 3년 정도 걸리는 일이었는데, 그는 1년 만에 이룬 것이었습니다.

책을 통해 세상에 접근하는 것이 처음에는 느릴 수 있지만 결국엔 다른 사람들보다 앞설 수 있다는 안철수의 믿음이 실현되는 순간이었어요.

최고가 된 위인

안철수는 우리나라에서 어른들이 닮고 싶어 하는 사람, 가장 존경받는 벤처 기업가, 우리 시대의 가장 신뢰받는 사람을 조사하는 설문에서 1위를 차지한 인물이에요.

그는 어린 시절에 어떤 아이였을까요?

공부도 잘하고 인기도 많은 남자아이였을까요?

어린 시절, 피부가 희고 조용한 아이였던 안철수는 친구를 쉽게 사귀지 못했어요.

"야, 너는 얼굴이 왜 그렇게 하얘?"

"매일 집에만 있어서 그렇게 하얀 거 아니야?"

안철수는 친구들과 싸우고 싶지 않았어요. 그래서 조용히 혼자 보내는 시간이 많았습니다. 하지만 안철수는 외롭지 않았어요. 언제나 든든하게 옆을 지켜 주는 친구가 있었기 때문이에요. 그 친구는 거짓말도 하지 않았고 늘 철수에게 많은 것을 가르쳐 주었어요. 그건 바로 책이었어요.

안철수는 책 속의 주인공들을 만나며 여러 가지 생각을 했어요.

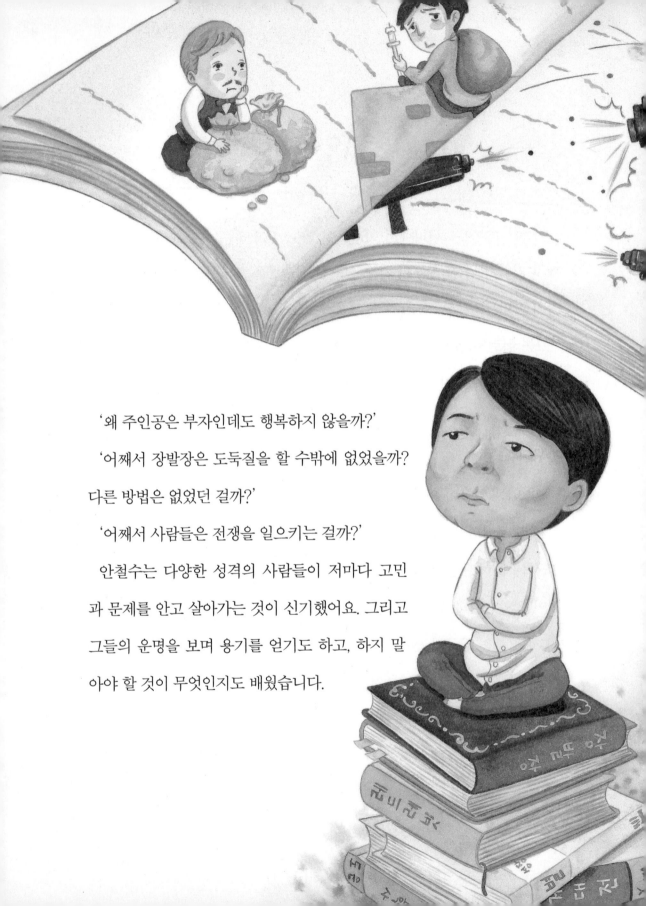

'왜 주인공은 부자인데도 행복하지 않을까?'

'어째서 장발장은 도둑질을 할 수밖에 없었을까?
다른 방법은 없었던 걸까?'

'어째서 사람들은 전쟁을 일으키는 걸까?'

안철수는 다양한 성격의 사람들이 저마다 고민
과 문제를 안고 살아가는 것이 신기했어요. 그리고
그들의 운명을 보며 용기를 얻기도 하고, 하지 말
아야 할 것이 무엇인지도 배웠습니다.

여러분이 안철수가 서울대학교 의대생이었다는 걸 안다면 이렇게 물을 수 있어요.

"안철수는 처음부터 공부를 잘하지 않았나요?"

하지만 대답은 '아니오.'예요. 안철수는 초등학교, 중학교 때 60명 중에 30등 정도를 하는 평범한 소년이었어요. 다만 다른 아이들보다 책에 더 관심이 많았지요.

안철수는 어릴 때부터 소설뿐만 아니라 과학, 미술, 역사 등 다양한 분야의 책을 읽었어요. 그러다 보니 자신도 모르는 사이에 많은 과목의 기초가 다져졌던 거예요. 안철수는 공부를 좀 더 열심히 해야겠다고 마음먹은 순간부터 모든 과목에 많은 시간을 쏟지 않아도 빨리 이해할 수 있었습니다.

안철수는 한 번도 학원을 다니거나 비싼 과외를 받은 적이 없었어요. 그는 책을 통해 쌓은 기초 지식으로 사람을 배우고 공부를 했어요.

여러분, 무언가를 배우려 학원을 등록하기 전에 책을 읽어 보는 건 어떨까요? 기초가 탄탄해지면 더 빨리, 더 훌륭하게 배울 수 있어요. 책은 여러분이 앞으로 나아가는 첫걸음이랍니다.

통통튀는 위인 이야기

안철수 박사는 오랜 시간 많은 책을 읽으며 생긴 자신의 독서 습관을 소개했어요. 우리도 함께 실천해 봐요.

1. 책을 읽는 만큼 생각할 시간을 가져요

   책을 읽고 나서 꼭 그만큼의 생각할 시간을 가져야 그 내용이 내 것이 될 수 있어요. 책을 많이 읽는 것만큼 제대로 읽는 것이 중요해요.

2. 작가의 생각은 나의 생각과 다를 수 있어요

   작가의 생각도 중요하지만 자신의 생각을 가지고 있는 것이 좋아요.

3. 독서로 그치지 않고 실천해요

   책은 사람의 생각을 변화시켜요. 책을 통해 배운 좋은 습관을 하나씩 행동으로 바꿔 봐요.

4. 요약된 것을 읽지 않아요

   책을 통해 지식을 얻기도 하지만 결국 필요한 것은 책을 읽는 과정에서 얻는 깨달음이에요. 전체를 읽기 귀찮아 중요한 부분 위주로 요약된 줄거리만 읽는다면 작가가 말하려고 하는 핵심을 파악하기 어려워요.

5. 성급하게 결과를 얻으려고 하지 않아요

책을 읽고 실천도 했지만 기대한 만큼 나에게 변화가 일어나지 않을 수도 있어요. 꾸준히 책을 읽고, 충분히 고민하고 실천하려 노력한다면 언젠가는 내 안에 쌓인 지식을 확인할 수 있을 거예요.

정약용

• 독서는 세상에서 가장 좋은 것

정약용은 어렸을 때부터 독서광이었어요. 친가와 외가에 책이 산더미처럼 쌓여 있었기 때문에 그는 어릴 때부터 책과 늘 가까이 지낼 수 있었어요.

어느 여름날이었어요. 당대의 학자 이서구가 궁궐에 가기 위해 강가를 지나가고 있었어요. 그는 반대편에서 책을 잔뜩 이고 있는 말을 끌고 가는 소년을 보았어요.

소년은 더웠는지 가던 길을 멈추고 십여 권의 책을 꺼냈어요. 그리고 그늘 아래 앉아 열심히 책을 읽었어요.

'뭐 하는 아이길래 저 많은 책을 가지고 산으로 가지?'

그 소년은 바로 정약용이었어요. 할머니에게 책을 빌려 삼각산으로 가던 도중 잠깐 쉬면서 책을 읽는 것이었어요. 이서구는 궁금증을 뒤로 하고 가던 길을 갔어요.

그리고 열흘이 지났어요. 이서구가 일을 마치고 다시 집으로 돌아가는 길이었어요. 그는 열흘 전에 지나왔던 강가를 다시 지나오게 되었어요.

'아니, 저 아이는?'

이서구는 열흘 전과 똑같은 자리에 앉아 책을 읽고 있는 정약용을 보았어요. 이번에도 그 옆에는 책을 잔뜩 이고 있는 말이 묶여 있었어요.

이서구는 지난번에는 무심히 지나쳤지만 또 다시 같은 자리에 앉아 있는 소년의 존재가 궁금했어요. 그래서 가던 길을 멈추고 정약용의 곁으로 다가갔어요.

독서삼매경에 빠져 있던 정약용은 누군가가 다가오는 것도 모르고 있었어요.

"얘야."

정약용은 그제야 고개를 들었어요.

"네? 뉘신지요?"

이서구는 자기소개를 한 뒤 정약용에게 물었어요.

"너는 누군데 책을 싣고 산을 왔다 갔다 하는
것이냐?"

"저는 진주목사 정재원의 아들 정약용이
라 하옵니다."

이서구는 허리를 굽혀 정약용이 읽
고 있는 책을 들여다보았어요. 그
리고 깜짝 놀랐어요.

"애야, 지금 네가 읽고 있는 책이 《통감강목》 아니냐?"

"예, 그렇습니다."

정약용은 똑 부러지게 대답했어요. 그 책은 중국 송나라의 주희가 쓴 59권의 긴 역사책이었는데 어른도 쉽게 이해할 수 없는 내용이었습니다. 이서구는 정약용의 말을 믿을 수 없었어요.

"그리 어려운 책을 네가 읽는단 말이냐?"

정약용은 손에 들고 있던 책을 보이며 말했어요.

"예, 이제 거의 다 읽었습니다. 이것이 마지막 권입니다."

"언제부터 읽기 시작했느냐?"

"열흘 전부터입니다."

이서구는 다시 한 번 놀랄 수밖에 없었어요. 열흘 전이라면 정약용을 처음 보았던 그날이었기 때문이에요.

이서구는 정약용의 말이 사실인지 확인하고 싶었어요. 그는 쌓여 있는 책 한 권을 집어 들고 책의 내용을 물었어요. 이서구가 어떤 걸 묻든 정약용은 거침없이 대답했어요.

"대단하구나."

이서구는 정약용의 말을 믿을 수밖에 없었습니다.

"외울 수도 있습니다."

이서구는 막힘없이 외우는 정약용을 지켜보았어요.

"거목이 될 묘목이로다. 꼭 조선의 대학자가 되어라."

이서구는 정약용의 머리를 쓰다듬었습니다.

최고가 된 위인

다산 정약용은 실생활에 유용한 실학사상을 집대성한 한국 최대의 실학자이자 개혁가예요. 실학자로서 그가 펼친 사상을 한마디로 요약하면, 개혁과 개방을 통해 나라를 부유하고 강하게 만들어야 한다는 것이에요.

그는 당시의 문제점을 정확히 파악하고 개혁 방향을 제시한 덕분에 한국 최고의 실학자로 자리매김할 수 있었어요. 그 바탕에는 바로 방대한 독서량이 있답니다.

정약용은 어릴 때부터 아주 총명했어요. 네 살에 이미 천자문을 익혔고, 일곱 살에 한시를 지었어요. 열 살이 되기 전에는 자작 시를 모아 책을 낼 정도였어요.

그는 타고난 천재였지만 독서만큼은 노력을 강조했어요. 그래서 그는 독서를 하기에 앞서 마음을 다잡았고, 독서를 하는 이유가 무엇인지 생각했어요.

'내가 정말 독서를 잘할 수 있을까? 하고 싶은 만큼 집중할 수 있을까? 그리고 독서를 통해 무엇을 얻을 것인가?'

또한 정약용은 독서를 세상에서 가장 좋은 것으로 보았어요.

"오직 독서 이 한 가지가 큰 학자의 길을 좋게 하고 백성을 교화시키며 임금의 통치를 도울 수 있게 할 뿐만 아니라 짐승과 구별되는 인간다움을 만든다."

나라를 위하는 마음이 컸던 정약용은 정조 때 등용되어 그 재능을 마음껏 펼칠 수 있었으나, 순조 1년에 천주교를 믿는다는 죄목으로 귀양을 가는 고초를 겪기도 했어요.

하지만 괴로운 귀양살이 동안에도 책을 손에서 놓지 않았어요. 20여 년을 가족과 떨어져 살면서 두 아들에게 아버지로서 가르치고 싶은 것을 편지를 써서 보냈어요. 그는 편지로 아들들에게 독서의 중요성에 대해서 이야기했어요.

"너희가 책을 읽는 것이야말로 이 아버지의 목숨을 살리는 일이다. 유배지

에서 목숨을 다해 책을 쓰고 있는데 너희가 책을 읽지 않으면 나중에 누가 내 책을 읽을 것이냐. 그러니 너희가 지금 책을 읽는 것이 앞으로 내 책을 읽는 것이고, 내 책을 읽는 것이 곧 내 목숨을 이 세상에서 살리는 것이다."

이러한 독서 덕분에 그는 나라를 올바르게 개혁하기를 바라는 내용이 담긴 책을 오백 권 이상 쓸 수 있었습니다.

어느 날, 정약용은 아버지의 부름을 받았어요. 아버지는 회초리를 앞에 놓고 어린 정약용을 기다리고 있었어요.

"냉큼 바지를 걷어 올려라."

정약용은 이처럼 크게 화난 아버지의 얼굴을 처음 보았어요. 정약용이 서둘러 바지를 걷어 올리자 아버지는 회초리로 종아리를 힘껏 때리기 시작했어요.

"네가 왜 매를 맞는지 알겠느냐?"

정약용은 곰곰이 생각해 보았지만 무슨 일로 혼이 나는지 알 수가 없었어요. 그래서 솔직하게 대답했어요.

"잘 모르겠습니다."

아버지는 다시 정약용을 때렸어요. 그리고 잠시 후 다시 물었어요.

"어제 네가 한 일이 기억나지 않느냐?"

정약용은 친구들과 호박에 말뚝박기를 하며 놀았던 일을 떠올렸어요.

"어제 친구들과 호박에 말뚝을 박는 내기를 했습니다."

아버지는 엄하게 꾸짖었어요.

"네가 한 일이 얼마나 못된 짓인지 아직도 모르겠느냐? 아무리 어린아이라 해도 곡식을 가지고 장난쳐서는 안 된다. 너는 재미있다고 한 일인지 모르겠으나 호박 하나를 키우기 위해 흘린 농부들의 땀을 생각해 보아라!"

정약용은 아버지의 말을 듣고 자신이 얼마나 철없는 장난을 한 것인지 깨달았습니다.

"아버지, 잘못했습니다. 다시는 곡식을 가지고 장난치지 않겠습니다."

정약용은 아버지의 반듯한 가르침을 통해 많은 것을 배웠어요. 그 경험들이 훗날 그의 학문과 사상에 큰 영향을 미쳤답니다.

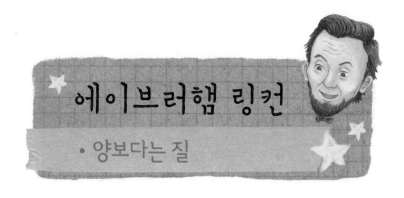

에이브러햄 링컨
• 양보다는 질

링컨의 아버지는 링컨이 책을 보는 걸 싫어했어요.

"그럴 시간 있으면 일을 더 하라고!"

독서에 재미를 붙이기 시작했던 소년, 링컨은 아버지가 책을 사 주지 않았기 때문에 다른 사람에게서 책을 빌려 보곤 했어요.

그 보답으로 링컨은 그들의 일을 도와주었어요. 몸은 힘들었지만 책을 빌려 집으로 돌아오는 링컨의 발걸음은 늘 가벼웠습니다.

그러던 어느 날이었어요. 링컨은 책을 빌리러 언덕 너머의 크로포드 아저씨 집으로 갔어요. 크로포드 아저씨는 링컨을 반겼어요.

"오랜만이구나. 책 빌리러 왔니?"

링컨은 싱긋 미소를 지었어요. 크로포드 아저씨는 링컨을 책장 앞으로 데려갔어요.

"읽고 싶은 책으로 골라 가렴."

"네, 아저씨. 감사합니다. 오는 길에 보니 옥수수가 많이 자랐던데 제가 도와드릴게요."

"그래, 고맙구나."

아저씨는 링컨을 보고 흐뭇하게 웃었어요. 링컨은 책장에서 책을 쭉 둘러보고 책을 한 권 꺼냈어요. 미국의 초대 대통령인 조지 워싱턴의 일생을 다룬 ≪워싱턴 전기≫였어요.

크로포드 아저씨는 링컨의 머리를 쓰다듬으며 말했어요.

"난 너처럼 책을 좋아하는 아이는 처음 봤다."

링컨은 빌린 책을 들고 빨리 읽기 위해 집으로 달려갔어요.

'나도 조지 워싱턴처럼 훌륭한 사람이 되어야지.'

링컨은 창밖으로 비가 내리는 풍경을 바라보며 다짐했어요. 그는 자신의 다락방에서 잠들기 전까지, ≪워싱턴 전기≫를 단숨에 읽어 내려갔어요. 그리고 나라에 대한 사랑과 충성심을 키웠어요.

다음 날 아침, 링컨은 깜짝 놀랐어요. 빌린 책이 물에 젖어 엉망이 되어

있었기 때문이에요.

'어쩌다 이렇게 된 거지?'

링컨은 주변을 둘러보았어요. 그는 천장에 틈새가 나 있는 것을 발견했어요. 새벽 내내 내린 비가 천장에 난 틈새로 들어와 책을 젖게 만든 것이었어요. 그는 망가진 책을 어머니에게 보여 드렸어요.

"어머니, 어쩌면 좋아요. 크로포드 아저씨한테 빌린 책이 엉망이 되고 말았어요."

어머니는 링컨이 건넨 책의 상태를 본 후에 말했어요.

"사실대로 말하고 용서를 비는 게 좋을 것 같구나."

링컨은 그 길로 크로포드 아저씨에게 갔어요. 그리고 있었던 일을 솔직하게 말씀드렸어요.

"아저씨, 죄송하지만 전 드릴 돈이 없어요. 아저씨만 괜찮으시다면 제가 사흘 동안 아저씨를 도와드릴게요."

크로포드 아저씨는 링컨의 정직한 태도를 높이 샀어요.

"그래, 좋다."

링컨은 최선을 다해 크로포드 아저씨를 도왔어요. 망가진 책값을 대신해 옥수수를 뽑고 밭을 갈았어요. 크로포드 아저씨는 링컨을 아주 착한 아이라고 생각했어요.

　사흘이 지났어요. 크로포드 아저씨는 링컨을 방 안으로 불렀어요. 그리고 책을 한 권 건넸어요.

　"애야. 넌 정말 성실하구나. 이 책은 이제 네 것이다."

　그 책은 링컨이 망가뜨린 ≪워싱턴 전기≫였어요.

　"네가 워싱턴처럼 훌륭한 사람이 되었으면 좋겠구나."

　링컨은 몇 번이고 이 책을 다시 읽으며 고난 속에서 미국을 건설한 초대 대통령 조지 워싱턴에 대한 존경심을 키웠어요.

최고가 된 위인

에이브러햄 링컨은 허름한 통나무집에서 태어나 추위와 배고픔 속에서 자랐어요. 링컨의 아버지와 어머니는 모두 글을 읽지 못했기 때문에 산골에서 사냥을 해 하루하루를 살았습니다.

링컨은 열다섯 살이 될 때까지 글을 제대로 쓰지도, 읽지도 못했어요. 이런 링컨이 어떻게 미국의 남북전쟁을 승리로 이끌고 노예를 해방시킨 제 16대 미국 대통령이 될 수 있었을까요?

링컨의 새어머니는 현명한 여성이었어요. 그녀는 가난하더라도 글을 읽을 줄 알아야 한다고 생각했기 때문에 링컨이 책을 많이 읽을 수 있도록 도와주었어요.

새어머니는 링컨의 아버지와 결혼하면서 책을 몇 권 가지고 왔어요. ≪성경≫, 동물들이 등장해 교훈을 주는 ≪이솝우화≫, 무인도에서 고난을 헤치고 나오는 모험담이 담긴 ≪로빈슨 크루소≫ 등이었습니다. 링컨은 그 책들을 읽으며 깨달았어요.

'나무를 베고 사냥을 하는 것 말고도 사람이 할 수 있는 일이 많구나.'

독서의 재미에 빠진 링컨은 일하다 휴식 시간이 생기면 나무 그늘로 달려가 책을 읽었어요. 그리고 밤에는 불이 켜진 가게 앞에 앉아 창문 너머로 비치는 불빛에 의지해 책을 읽었습니다.

그는 빌린 책을 돌려주기 전에 종이에 베껴 썼어요. 그리고 그것을 실로 묶어 가지고 다시 읽으며 공부했습니다. 하지만 빌려 보는 것에도 한계가 있었기 때문에 링컨은 다양한 책을 읽지는 못했어요. 그러나 그는 이렇게 말합니다.

"얼마나 많은 양의 책을 읽느냐 하는 건 중요하지 않다. 중요한 건 어떤 책을 읽느냐 하는 것이다."

링컨은 인생에 도움이 될 만한 책을 꼼꼼하게 잘 읽는 것이 중요하다고 믿었어요. 그는 책의 뜻을 완전히 이해할 때까지 꼼짝하지 않고 읽었습니다. 그렇기 때문에 하루에 스무 페이지만 읽어도 날이 저물곤 했어요.

그는 큰 소리로 독서를 한 후에 책의 내용에 대한 느낌을 썼어요. 그리고 그 글을 누구나 이해할 수 있도록 쉽게 고치는 일을 했습니다.

여러분, 책을 빨리 읽고 많이 읽어야 한다고 생각하나요? 책을 즐기는 비결은 빨리 읽고 많이 읽어야 한다는 생각을 버리는 데서부터 시작해요.

우리는 보다 많은 책을 남들보다 빨리 읽어야 한다고 생각해요. 하지만 그보다 중요한 건 책 한 권을 읽더라도 깊이 이해하고 즐기는 거예요.

이제부터 작가의 의도를 생각해 가면서 독서하는 습관을 들여 보면 어떨까요? 내용을 음미하면서 책을 천천히 읽어 보세요.

1863년 11월 19일, 링컨은 연설을 하기 위해 사람들 앞에 섰어요. 게티즈버그 전투 중 전사한 장병들의 영혼을 기리는 자리였습니다. 게티즈버그 전투는 미국 펜실베이니아 주 게티즈버그 인근에서 일어난 전투로, 남북 전쟁에서 가장 참혹한 전투였어요.

가족과 연인을 잃은 사람들은 눈물을 흘리고 있었어요. 링컨은 슬픈 마음을 진정시키며 입을 열었어요.

"우리는 선조들의 자유와 평등을 바탕으로 이 나라를 세웠습니다. 우리는 수많은 용사들이 목숨을 바친 큰 뜻을 위해 힘써야 합니다. 국민의, 국민에 의한, 국민을 위한 정부는 결코 사라지지 않으리라 다짐해야 합니다."

사람들은 이 연설을 들으며 용기를 얻고 희망을 보았어요. 링컨은 계속해서 북군을 지도했고 결국 점진적인 노예 해방을 이루었습니다.

이 연설은 '링컨의 5분 연설'이라고 불리며 오늘날에도 명연설로 자주 인용되고 있어요.

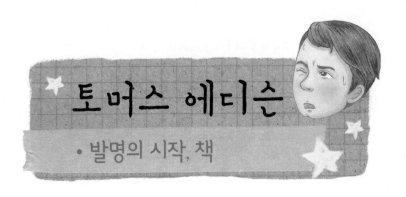

토머스 에디슨

• 발명의 시작, 책

에디슨은 질문이 많은 아이였어요. 수업 중에 여러 번 손을 들고 선생님에게 물었어요.

"왜 아침에 해가 뜨고 밤에는 달이 뜨나요?"

"1 더하기 1은 2인 이유가 무엇인가요?"

선생님은 에디슨에게 그냥 외우라고 강요했어요. 하지만 에디슨은 이해할 수가 없었어요.

'이상하다? 왜 그냥 외우라는 거야? 어째서 그게 당연한 거지?'

선생님은 결국 에디슨의 어머니를 학교로 불렀어요.

"어머님, 도저히 안 되겠어요. 댁의 아드님이 질문이 너무 많아서 수업 시간에 방해가 됩니다. 다른 아이들도 힘들어하고요."

선생님은 질문이 많고 글을 제대로 읽지 못하는 에디슨을 열등생으로 취급했어요. 그래서 에디슨은 초등학교에 입학한 지 석 달 만에 학교에서 쫓겨나고 말았어요.

에디슨의 어머니는 아들이 학교에서 쫓겨났지만 결코 부족한 아이라고 생각하지 않았어요.

'의문이 많다는 건 배울 가능성도 많다는 거야. 이제부터 내가 직접 가르쳐야겠어.'

어머니는 에디슨의 잠재력을 일깨우기 위해서 책을 읽어 주는 교육 방법을 선택했어요. 책의 영역은 방대하니 책을 통해서라면 수학, 과학뿐만 아니라 언어와 미술 등도 가르칠 수 있었기 때문이에요. 다행히 에디슨의 집에는 다양한 분야의 책들이 많이 있었어요.

독서를 시작하면서 에디슨은 갑자기 활기를 띠기 시작했어요. 책은 선생님처럼 화내는 법이 없이, 언제나 에디슨이 궁금해하는 점을 자세하게 가르쳐 주었어요. 독서는 에디슨에게 활력을 불어넣어 주었어요.

어머니는 에디슨에게 책을 건네며 이렇게 말했어요.

"얘야, 네가 이 책을 다 읽으면 선물을 줄게."

"무슨 선물이요?"

"그건 책을 다 읽고 나면 알게 되겠지?"

에디슨은 책을 모두 읽은 후에 받게 될 선물을 기대하며 더 열심히 읽었
어요.

"엄마! 책 다 읽었어요."

어머니는 책이 다루고 있는 내용에 대해 여러 가지 질문을 했어요. 어떤 질문은 바로 대답할 수 있었지만 가끔 곤혹스러운 질문도 있었어요. 그는 고민하고 신중하게 생각해 대답했어요.

어머니는 에디슨에게 25센트짜리 동전을 주었어요.

"자, 이걸로 네가 하고 싶은 걸 하렴."

25센트는 어린 에디슨에게는 꽤 큰돈이었어요. 에디슨은 그 돈으로 책을 사서 더 열정적으로 읽기 시작했어요.

아홉 살이 되면서 에디슨은 소설 작품을 혼자 읽을 수 있게 되었어요. 그는 특히 프랑스 작가 빅토르 위고의 ≪레미제라블≫을 감명 깊게 읽었어요.

'고작 빵 한 조각밖에 훔치지 않았는데 19년이나 감옥 생활을 하다니…….'

그는 힘들게 살면서도 죽을 때까지 남을 도와주던 장발장의 태도에 감명받고, 더 열심히 살아야겠다고 생각했어요.

에디슨은 학교를 다니진 않았지만 문학 작품을 통해서 사람이 어떤 마음으로 살아야 하는지에 대해 배웠어요. 그리고 수학 책을 통해서는 계산하는 법을, 과학 책을 통해서는 실험하는 법을 배워 나갔습니다.

최고가 된 위인

"천재란 99퍼센트가 땀이며, 나머지 1퍼센트가 영감이다."

많은 사람들은 '에디슨' 하면 곧바로 '발명왕'이라는 별명을 떠올려요. 그는 세계 최초의 공업용 실험실을 세웠고 무려 1,093개의 특허를 얻어 세계 기록을 보유하고 있어요. 음악을 듣는 축음기, 어둠을 밝히는 백열전등도 에디슨의 발명품이랍니다. 그는 문명사회의 등불을 밝힌 선구자라고 할 수 있어요.

이러한 발명왕 에디슨의 바탕을 이루는 것이 독서였다는 사실을 알고 있나요?

그는 발명가이기 전에 열정적인 독서가였어요. 그의 모든 발명은 독서로부터 시작되었습니다.

에디슨은 1847년 2월 11일 미국 오하이오에서 태어났어요. 그는 초등학교에 들어가긴 했지만 3개월 만에 학교를 그만두었어요. 그리고 교사였던 어머니로부터 교육을 받기 시작했습니다. 그의 어머니는 에디슨이 열두 살이 될 때까지 그의 독서에 지속적인 관심을 기울였습니다.

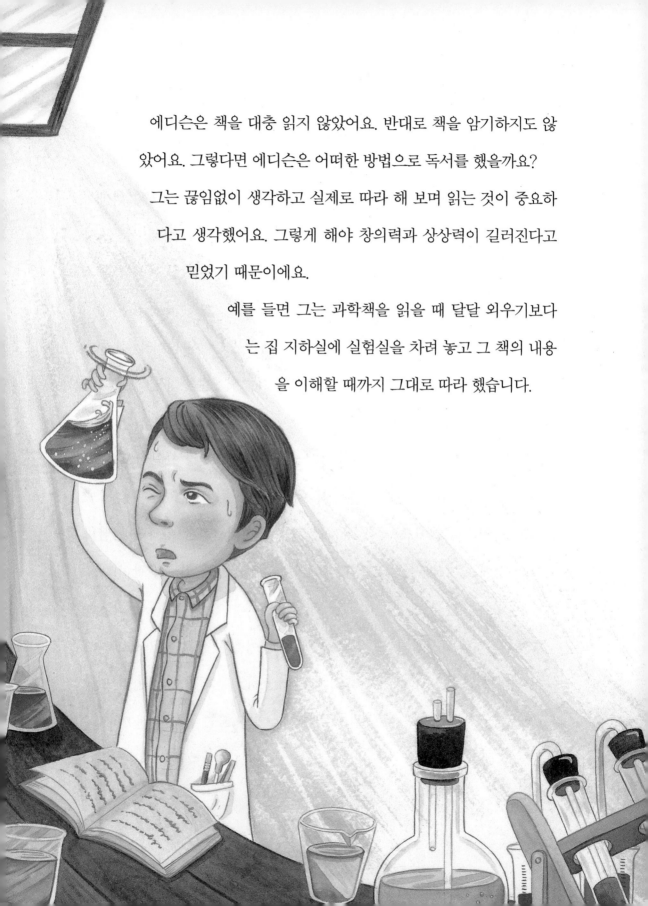

에디슨은 책을 대충 읽지 않았어요. 반대로 책을 암기하지도 않았어요. 그렇다면 에디슨은 어떠한 방법으로 독서를 했을까요?

그는 끊임없이 생각하고 실제로 따라 해 보며 읽는 것이 중요하다고 생각했어요. 그렇게 해야 창의력과 상상력이 길러진다고 믿었기 때문이에요.

예를 들면 그는 과학책을 읽을 때 달달 외우기보다는 집 지하실에 실험실을 차려 놓고 그 책의 내용을 이해할 때까지 그대로 따라 했습니다.

에디슨은 가난한 집안에서 태어났기 때문에 일하지 않은 날이 하루도 없었어요. 그에게 잠시 쉴 수 있는 가장 좋은 공간은 바로 도서관이었습니다.

그는 도서관 책장의 맨 아래 칸 왼쪽의 책부터 맨 윗줄 오른쪽의 책까지 순서대로 읽었어요. 분야도 가리지 않았기 때문에 백과사전부터 전집까지 모두 읽었어요. 이 책들은 에디슨을 특정한 틀에 가두는 대신 독창적인 사고를 할 수 있도록 도와주었습니다.

지금 우리에겐 책을 가까이하기에 방해가 되는 것이 너무 많아요. 컴퓨터, 텔레비전, 만화, 영화, 게임 등이 우리에게 함께 놀자고 손을 내밀어요. 그렇기 때문에 책을 보면서 흥미를 느끼기란 쉽지 않습니다.

하지만 여러분, 친구들과의 약속 장소를 도서관으로 정하면 어떨까요? 아니면 부모님과 함께 매주 '도서관 가는 날'을 만드는 거예요.

멀리 갈 필요도 없어요. 집에서 가장 가까운 도서관을 찾아가면 된답니다. 도서관에는 여러분이 보고 싶은 책들이 쉽게 고를 수 있도록 잘 정리되어 있어서 아주 편해요.

꼭 에디슨처럼 도서관의 모든 책을 다 읽으려 욕심낼 필요는 없어요. 여러분이 원하는 책을 골라 마음껏 읽고 책 속에서 새로운 친구를 사귀어 보세요. 그리고 집으로 돌아올 때는 읽고 싶은 책을 빌려 오는 것도 잊지 마세요.

젊은 시절 에디슨은 철도회사의 판매원으로 취직했어요. 그는 열차 안에서 신문, 과자, 사탕 같은 걸 팔았습니다.

일을 하는 중에도 에디슨의 머릿속은 실험에 대한 생각으로 꽉 차 있었어요.

'오늘은 황산으로 실험을 해 봐야겠어.'

그는 물건을 팔고 시간이 남으면 기차의 화물칸에서 책을 보며 실험을 했어요. 그러다 한 번은 기차가 흔들리는 바람에 실험용 약품이 쏟아져 기차 안에 불이 났어요.

"너 때문에 불이 났잖아!"

화가 난 기차 관리인은 에디슨의 뺨을 세차게 때렸어요.

그날 이후로 에디슨은 귀가 잘 들리지 않았어요. 열두 살 때부터 햇살 아래 지저귀는 새소리도 듣지 못하게 되었습니다.

훗날 위대한 발명가로 대접을 받기 시작한 에디슨에게 사람들이 물었어요.

"귀가 잘 들리지 않으신데, 혹시 생활하는 데 불편한 점은 없나요?"

에디슨은 고개를 가로저으며 이렇게 답했습니다.

"전혀! 나는 오히려 귀가 잘 들리지 않게 된 것에 대해 감사하고 있습니다."

사람들은 의아해했어요. 아무래도 듣지 못하면 불편한 점이 많을 수밖에 없다고 생각했거든요. 에디슨은 말을 이었어요.

"소곤거리는 말소리나 테이블이 삐걱대는 소리, 도시의 소음
같은 쓸데없는 소리를 못 들으니 독서와 연구에 더 쉽게 집
중할 수 있게 되었답니다."

나폴레옹 보나파르트

• 독서는 나의 힘

가난한 집에서 태어난 나폴레옹은 사관학교에 들어갔어요. 군인을 희망해서가 아니라 사관학교에 가면 나라에서 학비를 내주었기 때문이에요.

그는 학교에서 나누어 준 교복이 땅에 끌릴 만큼 키가 작았고 사투리를 썼기 때문에 늘 아이들에게 놀림의 대상이었어요. 같은 반 아이들은 나폴레옹이 무슨 말이라도 하려고 하면 깔깔대며 뒹굴었어요. 나폴레옹이 쓰는 사투리를 듣고 놀리기 위해 일부러 그러는 것이었어요.

친구가 없었던 나폴레옹은 시간이 날 때마다 도서관에 가서 책을 읽었어요. 적어도 책에서 만난 사람들은 그를 놀리거나 따돌리지 않았기 때문이에요. 그는 똑똑해지고 싶은 마음에 책을 읽기도 했지만 무엇보다도 자신을 놀린 친구들에게 '복수'하기 위해 책을 읽고 또 읽었어요.

'책을 읽고 훌륭한 사람이 되어서 세계를 정복할 거야. 그리고 날 괴롭힌 녀석들을 혼내 주고 말겠어!'

어느덧 사관생도가 된 나폴레옹은 값싼 이층 방에 세 들어 살았어요. 그의 동료들은 파티를 즐기고 술을 마시느라 정신이 없었어요. 하지만 월급을 모두 가족에게 보내야 했던 나폴레옹은 그럴 여유가 없었어요.

"너 하루에 한 끼밖에 못 먹는다면서? 그럼 파티에도 못 오겠네?"

동료들은 나폴레옹을 비웃었지만 그는 신경 쓰지 않았어요. 그리고 오로지 독서에 열중했어요.

'그래. 지금 실컷 비웃고 떠들어라. 난 장군이 되어서 너희에게 복수할 거니까.'

나폴레옹은 독서를 하며 자신만의 상상에 빠졌어요. 복수의 꿈을 꾸던 나폴레옹은 인생을 바꿀 책을 만나게 되었어요. 그건 바로 루소의 책들이었어요.

장 자크 루소는 프랑스의 사상가예요. 그의 책에는 인간이 자유롭게 평등하다는 사상이 담겨 있어요.

나폴레옹은 루소의 ≪사회계약론≫을 읽으며 생각했어요.

'인간이 만든 제도가 잘못되었기 때문에 부자와 가난한 사람, 주인과 노예의 차별이 생겼구나.'

그는 이런 문제는 인간의 의지로 얼마든지 해결될 수 있다는 사실을 깨달았어요. 그리고 이 사회는 국민이 주인이 되어야 한다고 생각했습니다.

이제까지 자신을 따돌렸던 친구들에게 영웅이 되어 복수하려고 책을 읽어 왔던 나폴레옹은 자신을 반성했어요. 독서의 참된 목적은 복수가 아니라 '배움'이라는 사실을 알게 되었기 때문이에요.

그는 이제 복수가 아니라 모든 사람들을 잘살게 해

주기 위해 영웅이 되어야겠다고 생각했어요.

그때부터 나폴레옹은 독서의 범위를 넓혔어요. 그는 장교로서 알아야 할 무기의 원리와 역사, 전술에서 시작해 다른 나라의 풍속, 천문학, 기상학, 인구론에 대해서도 공부했습니다.

그는 그 많은 책을 대충 읽는 게 아니라 언제나 정독했어요. 또 책을 읽은 후에는 반드시 메모를 남겨 두었어요. 그 결과, 나폴레옹은 책을 통해 익힌 지식을 체계적으로 정리하고 응용할 수 있게 되었어요. 전쟁뿐만 아니라 법률을 비롯해서 재정 문제, 상업 및 문학 등에 이르기까지 각종 지식을 능동적으로 활용할 수 있게 되었습니다.

최고가 된 위인

우리가 잘 알고 있는 나폴레옹은 위기에 처한 나라를 구한 프랑스 영웅이자 황제예요. 하지만 그도 처음에는 풋내기 장교에 불과했어요.

나폴레옹이 장교로 지내던 당시의 프랑스는 매우 혼란스러웠어요. 국왕과 왕비, 귀족들의 사치와 낭비에 분노한 민중들이 들고 일어나 혁명을 일으켰기 때문이에요. 프랑스의 주변 국가들은 모두 귀족 중심의 나라였는데 프랑스가 혁명으로 왕정을 폐지하자 매우 불안해했어요.

"이러다가 우리나라 국민도 혁명을 일으키면 어쩌지?"

귀족의 자리에서 물러나야 할까 봐 불안해하던 주변 국가들은 프랑스를 적으로 몰았어요.

전쟁이 시작되자 군대를 지휘할 만한 경력이 있는 귀족들은 모두 해외로 도망갔어요. 이런 이유로 겨우 스물여섯 살 밖에 되지 않았던 나폴레옹이 3만 명의 병사들을 지휘하는 장군이 되었어요.

사람들은 그의 자질을 의심했어요.

"나이도 어리고 경험도 없는데 그 큰 군대를 제대로 지휘할 수 있겠어?"

심지어 병사들도 그를 프랑스 사람으로 보지 않았어요. 왜냐하면 그의 고향인 코르시카 섬은 그가 태어나기 겨우 1년 전에 프랑스령이 되었기 때문이에요.

나폴레옹은 변변한 무기도 갖추지 못한 군대를 이끌고 이탈리아로 진격했어요. 그리고 전쟁을 승리로 이끌었어요. 이 일로 나폴레옹은 순식간에 프랑스에서 유명 인사가 되었어요.

사람들은 이 젊은 군인의 전쟁 수행 능력을 신기해했어요. 그는 남들과 같은 전법을 사용하지 않았어요.

예를 들면 그 당시에는 적을 포위해서 무찌르는 전법이 유행했는데 나폴레옹은 다른 전법을 이용했어요. 그는 적 한가운데에 대포를 쏜 뒤 양쪽에서 기병대로 공격했어요. 나폴레옹은 이렇듯 혁신적인 전법을 써서 모든 전쟁에서 승리했습니다.

사람들은 그의 전략을 파헤치기 시작했어요. 그리고 오랜 연구 끝에 나폴레옹 전략의 비밀을 알아냈어요. 바로, 그 기반에는 엄청난 독서력이 있었답니다.

그는 책을 통해 나라를 다스리는 방법과 전쟁에서 승리하는 법을 익혔어요. 그리고 과거 전쟁에서 있었던 사례를 분석해 이것을 지금 어떻게 활용할 수 있는지 고민했어요.

나폴레옹은 때와 장소를 가리지 않고 독서에 몰입했어요. 책이 지식과 상상력의 창고라고 생각했기 때문이에요. 심지어는 전쟁터에서도 마차에 책을 가득 싣고 다닐 정도였어요. 그는 총알이 날아오는 급박한 현장에서도 생명을 구할 방법을 책에서 얻었어요.

그는 이렇게 말하곤 했어요.

"나는 독서를 해야 하기 때문에 다른 일을 할 시간이 없다."

그는 황제로 있는 동안 오스트리아, 프로이센, 로마, 스페인, 네덜란드를 정복했어요.

우리의 하루는 너무 짧아요. 아침에 눈을 떠 학교에 가고 밥을 먹고 친구들이랑 이야기를 좀 나누다가 학원에 다녀오면 이미 밤이 되고 말아요. 게다가 숙제도 해야 하기 때문에 책 읽을 시간을 좀처럼 낼 수가 없지요.

하지만 아무리 바쁜 날이더라도 점심시간이나 쉬는 시간을 이용하면 한두 시간 정도는 독서 시간을 마련할 수 있어요.

짬짬이 시간을 내어 책을 읽는 습관을 가져 보는 건 어떨까요? 처음에는 힘들겠지만 그렇게 책을 읽기 시작하면 어느덧 시간이 날 때마다 책을 잡고 있는 자신을 발견하게 될 거예요! 나만의 책 읽기 시간을 가져 보세요.

"내 키는 땅에서부터 재면 가장 작으나, 하늘에서부터 재면 가장 크다."

유럽을 제패한 세기의 영웅, 나폴레옹이 자신의 작은 키를 두고 하는 말이에요. 그런데 수많은 사람들이 알고 있는 것처럼 프랑스의 황제 나폴레옹은 정말로 키가 작은 사람이었을까요?

결론부터 말하자면 사실이 아니에요. 나폴레옹은 키가 작지 않았어요.

나폴레옹의 키는 167.6센티미터! 당시 프랑스 성인 남성의 평균 키는 165센티미터였으니 그의 키가 작은 편은 아니었어요. 그런데 왜 사람들은 그의 키가 작다고 생각했을까요?

나폴레옹이 황제로 있던 시절, 그가 가장 아끼는 사람들은 바로 그의 안전을 책임지는 황실 근위병들이었어요. 황실 근위병들은 황제의 신변을 책임지는 사람이었기 때문에 체격이 좋고 건강한 사람들이 선발되었어요.

전쟁터를 휩쓸고 다니던 나폴레옹이 늘 체격이 좋은 황실 근위병들 사이에 파묻혀 등장했기 때문에 나폴레옹의 키는 평균이었지만 다른 사람 눈에는 매우 작아 보였답니다. 그래서 그는 아직도 키 작은 황제로 기억되고 있어요.

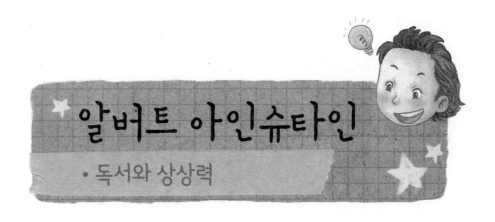

알버트 아인슈타인

• 독서와 상상력

알버트 아인슈타인은 세 살이 될 때까지도 말을 제대로 하지 못했어요.

"우리 애는 왜 아직도 말을 못하는 걸까?"

아인슈타인의 아버지가 걱정할 때마다 어머니는 이렇게 말했어요.

"너무 걱정하지 말아요. 학교에 갈 나이가 되면 괜찮아질 거예요."

하지만 아버지의 걱정대로 아인슈타인은 다른 아이들에 비해 모든 것이 느렸어요. 학교에 들어가서도 크게 달라지지는 않았어요. 게다가 기억력이 나쁘고 행동이 산만해서 선생님들의 골칫덩이였습니다.

"알버트, 제발 제자리에 앉아라!"

수업 중에 일어나서 돌아다니는 아인슈타인에게 선생님은 외쳤어요.

참다못한 선생님은 아인슈타인의 어머니에게 말했어요.

"댁의 아드님이 수업 시간에 너무 불성실합니다."

화가 난 어머니가 아인슈타인을 불러서 혼을 냈어요.

"정말 왜 그러니? 커서 뭐가 되려고 이러는 거야?"

아인슈타인은 선생님도, 부모님도 왜 화를 내는지 이해하지 못했어요. 그는 무조건 외우는 공부를 하고 싶지 않았을 뿐이었어요. 그보다는 언덕에 누워 별이 떨어지는 것을 지켜보며 우주 너머에 무엇이 있는지 상상하는 것이 더 즐거웠습니다.

어느 날 밤, 아인슈타인을 재운 어머니는 아버지에게 말했어요.
"여보, 아무래도 안 되겠어요. 과외를 시켜 보는 게 어떨까요?"
아버지는 좋은 과외 선생님을 찾기 시작했어요. 그러다가 의대에 다니는 막스 탈무트라는 학생을 알게 되었어요.
"우리 아이와 일주일에 한 번씩 같이 공부해 주면 좋겠어요."
마침 용돈을 벌고 싶었던 탈무트도 흔쾌히 그 제안을 승낙했습니다. 하지만 아인슈타인은 과외 선생님이 마음에 들지 않았어요.
'분명 뭔가 잔뜩 가르치려고 할 게 분명해.'
무서운 학교 선생님에게 많이 혼났던 아인슈타인은 미리부터 겁을 먹고 있었어요. 탈무트는 일주일에 한 번씩 집에 들러 함께 밥을 먹으며 친해지려 했지만, 아인슈타인은 쉽게 마음을 열지 않았어요.
그렇게 한 달이 지난 어느 날이었어요. 탈무트는 아인슈타인에게 책을 한 권 주었어요. 그 책은 칸트가 쓴 것이었어요.

칸트는 독일의 대표적인 철학자로 근대 철학의 초석을 놓은 인물로 평가되는 사람이었어요. 어린아이들에겐 결코 쉬운 책이 아니었지만, 탈무트는 상상력이 풍부한 아인슈타인에게 알맞은 책이라고 생각했어요.

처음엔 시큰둥한 반응을 보였던 아인슈타인도 책을 읽으면 읽을수록 그 속에 빠져드는 자신을 발견했어요.

책 안에는 자신이 상상했던 모든 것이 담겨져 있었어요. 그리고 상상을 하면 이루어질 것이라는 희망을 안겨 주었습니다.

"저기……."

아인슈타인은 집에 가려는 탈무트를 붙잡으며 수줍게 말을 걸었어요.

"무슨 일이지?"

"책 다 읽었으니까……. 다른 책도 빌려 주세요."

그 후로 아인슈타인은 탈무트와 함께 수많은 인문 고전을 읽었어요.

노벨 물리학상을 수상한 뒤, 아인슈타인은 사람들에게 이렇게 말했어요.

"중요한 것은 지식이 아니다. 상상력이다."

아인슈타인은 그 답을 책 속에서 찾은 것이랍니다.

최고가 된 위인

사자 갈기처럼 헝클어진 머리, 귀여운 콧수염, 장난스러운 표정을 짓는 과학자 하면 누가 떠오르나요? 천재 물리학자라고 불리는 알버트 아인슈타인이 떠오르지요?

20세기의 가장 유명한 과학자 중 한 명인 알버트 아인슈타인은 1879년 3월 14일 독일에서 태어났어요.

'사람들의 생김새가 다 제각각이고 사는 것도 다른데 왜 모두 똑같은 옷을 입고, 똑같은 대답을 하고, 똑같은 공부를 해야 하는 거지?'

어린 시절, 틀에 박힌 학습과 교육 방식이 맞지 않았던 아인슈타인은 수많은 과목에서 낙제하기 일쑤였어요. 대신 아인슈타인은 대부분의 지식을 독서를 통해 독학으로 얻었습니다.

아인슈타인은 어떤 분야를 공부하든 그 분야를 제대로 이해하기 위해 몰두했어요. 하지만 외우는 일에는 좀처럼 관심이 없었어요.

한 번은 이런 일이 있었어요. 연구실에서 함께 공부 중이던 친구는 갑자기 소리의 전파 속도가 생각나지 않았어요. 그는 옆에서 연구 중이던 아인슈타인에게 물었어요.

"음파 속도가 얼마더라?"

아인슈타인은 즉시 대답했어요.

"몰라. 나는 백과사전에서 쉽게 찾아볼 수 있는 건 외우고 싶지 않아."

이뿐만이 아니었어요. 어느 날, 아인슈타인은 친구들과 함께 책을 읽었어요. 그 책은 이해하기 아주 어려운 책이었어요.

"도저히 이해가 안 돼."

"나만 그런 게 아니지? 무슨 말인지 하나도 모르겠어."

다른 친구들이 제대로 이해하지 못하자 아인슈타인이 말했어요.

"그럼 내가 설명해 줄까?"

아인슈타인은 책에서 중요한 부분만 골라 친구들에게 설명해 주었어요.

"너 대단하다. 그 책 읽은 지 얼마 되지 않았잖아?"

"응, 닷새 정도 됐어."

"그런데 어떻게 그렇게 잘 설명해 줄 수가 있어?"

친구들은 아인슈타인의 핵심을 파악하는 능력에 감탄하며 물었어요. 아인슈타인은 별것 아니라는 듯 대꾸했어요.

"나는 그저 책의 뼈대를 확실히 파악하고 쓸데없는 가죽은 벗겨서 버렸을 뿐이야."

아인슈타인은 남들에게 '아는 척'하기 위해 독서한 것이 아니라 오직 자신에게 유용하게 쓰기 위해 독서를 했기 때문에 요점만 파악해서 읽은 것이었어요. 독서에서 중요한 것은 '암기'가 아니라 '정확한 이해'라는 것을 알고 있었습니다.

무언가를 외우는 것을 싫어했던 아인슈타인은 특히 수학 시간이 가장 힘들었어요. 수학 시간에는 외워야 할 공식이 산더미처럼 쌓여 있었기 때문이에요.

"또 숙제 안 해 왔니? 수업 끝나고 교실에 남아서 나머지 공부를 하고 가렴."

삼촌은 늘 풀이 죽어서 집으로 들어오는 아인슈타인의 모습이 안타까웠어요. 이런 아인슈타인에게는 맞춤형 공부가 필요하다고 생각했지요.

그래서 어느 날 아인슈타인을 불러 물었어요.

"너 수수께끼 좋아하지?"

"네."

"삼촌이 수수께끼 하나 낼 테니 네가 한번 맞혀 볼래?"

아인슈타인은 호기심에 눈을 반짝였어요. 삼촌은 흰 종이에 글씨를 쓰며 말했어요.

"이 공식 안에는 X라고 불리는 미스터리한 존재가 있어. 원래는 숫자인데 X라는 모습으로 숨어서 살아가지. X는 원래 무슨 모습일까?"

아인슈타인은 탐정 놀이를 시작했어요. 공식을 여러 방법으로 다시 써 보며 X의 존재를 밝히기 위해 애썼어요.

잠시 후, 아인슈타인은 기쁨 가득한 표정으로 삼촌에게 달려왔어요.

"삼촌, 찾았어요! X는 2였어요."

삼촌은 미소를 지었어요. 수학 공식을 무턱대고 외우게 하는 것이 아니라 수수께끼처럼 쉽게 설명하면서 아인슈타인의 호기심을 자극하려 했던 그의 계획이 이루어졌기 때문이에요.

'수학이 이렇게 쉬운 과목이었다니!'

그 후로 아인슈타인은 가장 좋아하는 과목을 수학으로 바꾸었답니다.

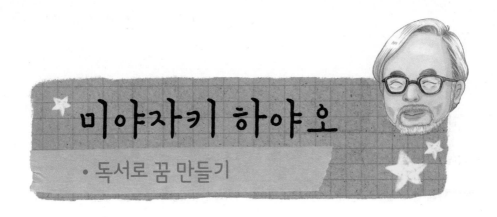

미야자키 하야오

• 독서로 꿈 만들기

만화책이 가득 쌓인 서점 한구석에서 한 소년이 데스카 오사무의 만화책을 열심히 읽고 있었어요.

"미야자키, 오늘은 뭘 읽고 있니?"

미야자키는 책을 들어서 제목을 주인아저씨에게 보여 주며 말했어요.

"≪우주 소년 아톰≫이요."

주인아저씨는 껄껄 웃었어요.

"넌 데스카 오사무를 진짜 좋아하나 보구나."

미야자키는 활짝 웃으며 대답했어요.

"네! 세상에서 제일 좋아요!"

데스카 오사무는 일본 만화가예요. 그는 전쟁 후 가난에 시달리는 일본 아이들에게 새로운 꿈과 희망을 주는 만화를 그렸어요. 어린 미야자키는 만화책에 나오는 아톰처럼 나쁜 사람들을 물리치고 싶었어요.

'이 다음에 커서 지구를 위험에 몰아넣는 나쁜 사람들을 다 혼내 줘야지.'

그는 책에서 보았던 장면을 떠올리며 집으로 향했어요.

"너 또 서점에 있다가 이제 들어오는 거니?"

집에서 동생들을 보살피던 형이 미야자키에게 물었어요.

"응."

"책 읽는 것도 좋지만 집에 늦게 들어오면 안 돼. 알겠니?"

미야자키는 고개를 끄덕였어요.

그는 학교가 끝나면 집이나 서점에서 책을 보는 것이 가장 즐거웠어요. 집에 일찍 돌아와 봤자 형과 동생 둘뿐이었기 때문이에요.

미야자키의 형제들은 어머니의 보살핌을 기대할 수 없었어요. 어머니는 척추에 병이 생겨서 늘 병원에 누워 있었어요.

"너희에게 맛있는 밥도 제대로 못해 주고……. 정말 미안하구나."

어머니는 아이들을 만나면 눈물을 글썽이며 미안해했어요. 미야자키의 형제들은 누워 있는 어머니와 대화를 자주 나누긴 했지만 훨씬 더 많은 시간을 어머니와 보내고 싶은 어린 소년들로서는 충분하지 않았어요.

미야자키는 자신의 외로움을 책으로 달랬어요. 그는 모든 종류의 책을 사랑했어요. 달타냥이라는 시골 청년의 모험과 꿈을 그린 ≪삼총사≫와 한 소녀가 부모의 죽음을 계기로 영국 요크셔의 귀족인 고모부 댁에서 살게 되면서 벌어진 이야기들을 담은 ≪비밀의 화원≫ 등을 좋아했어요. 그 밖에도 ≪소공녀≫, ≪알프스 소녀 하이디≫, ≪걸리버 여행기≫ 등을 자주 읽었습니다.

'난 하이디처럼 알프스 언덕을 달리고 있어!'

'걸리버와 함께 소인국에 가 보고 싶다.'

외국을 배경으로 한 동화를 읽고 있으면 자신도 여행을 하고 있는 기분이 들었어요.

책을 읽지 않을 때면 미야자키는 방에 종이를 펼쳐 놓고 만화를 그렸어요. 책에서 읽은 인물들과 배경을 나름대로 상상해 종이로 옮기는 작업은 늘 신 나는 일이었어요.

"형, 이번엔 뭘 그리는 거야?"

"어제 ≪소공녀≫를 읽었거든. 그걸 그리는 거야."

"나 봐도 돼?"

동생들은 책을 읽는 대신 미야자키의 그림을 보며 컸어요. 그 그림을 보고 있으면 책을 읽지 않아도 내용이 상상되었기 때문이에요. 동생들을 보며 미야자키는 결심했어요.

'나도 데스카 오사무 아저씨처럼 멋진 만화가가 될 테야.'

독서는 미야자키에게 만화가라는 꿈을 심어 주었습니다.

최고가 된 위인

여러분이 좋아하는 애니메이션은 무엇인가요? 그중에 〈이웃집 토토로〉, 〈원령 공주〉, 〈하울의 움직이는 성〉이 있나요?

이 애니메이션은 모두 미야자키 하야오 감독의 작품이랍니다. 그는 일본인뿐만 아니라 전 세계인의 사랑을 한 몸에 받고 있어요.

미야자키 하야오는 재미로만 보는 만화를 만들고 싶지 않았어요.

'좀 더 의미 있는 만화를 만들고 싶다.'

이런 생각을 하며 미야자키 하야오는 가벼운 만화가 아니라 깊은 철학이 담긴 애니메이션을 만들었어요. 그래서 일본인들은 미야자키 하야오를 애니메이션 감독이기 전에 사상가 또는 철학자라고 생각해요. 그는 작품을 통해 자연과 사람과 미래에 대해서 이야기했어요. 그의 메시지는 순수하고 상상력 넘치는 스토리에 스며들어 관객들에게 가까이 다가갈 수 있었어요.

"내 만화의 원동력은 모두 책에서 시작되었다."

소년 시절의 미야자키 하야오는 지독한 책벌레였어요. 스포츠 광이었던 형에 비해 스포츠를 싫어하는 내성적인 성격의 독서광이었던 미야자키 하야오는 학교 도서관에 있는 책들을 전부 독파했어요.

고등학교에 올라가면서 미야자키 하야오는 애니메이션에 관심을 두었어요. 재미있게 읽었던 책의 주인공들이 살아서 움직이는 것이 정말 신기했기 때문이에요. 하지만 주변 사람들은 이런 관심에 부정적인 반응을 보였어요.

"나이가 몇 살인데 아직도 만화를 보는 거야?"

그때까지 사람들은 만화는 아이들만 보는 것이라고 생각했어요. 하지만 하야오는 이것이 잘못된 편견이라고 생각했어요.

'어른들도 좋아하는 만화를 만들겠어.'

그는 독서로 지식과 상상력 얻었고, 더 큰 꿈을 꾸었어요. 그래서 어른들도 아이들도 손에 땀을 쥐게 하는 애니메이션을 만들려 노력했고, 그 결과 〈미래 소년 코난〉, 〈원령공주〉와 같은 작품을 만들었어요.

이렇게 책을 통해 상상하고 그림을 그리던 어린 소년은 전 세계를 감동시키는 만화 영화 감독이 되었답니다.

여러분, 책을 읽을 때는 머릿속에 그림을 그려 보세요. 글자를 이미지와 영상으로 바꿔 가면서 읽어 보세요. 아주 흥미로운 책 읽기가 될 거예요.

책을 읽으면서 내가 영화감독이 되어 영화를 찍는다고 상상하면 어떨까요? 아니면 화가처럼 그림을 그린다고 상상해 보세요. 재미뿐만이 아니라 책의 내용이 훨씬 간결하고 오래도록 기억에 남는답니다.

어릴 때의 일이였어요. 미술 선생님은 미야자키를 교무실로 따로 불렀어요.

선생님은 미야자키의 그림을 들고 있었어요.

"선생님, 제가 무슨 잘못을 했나요?"

"얘야, 그림을 왜 이렇게 그리는 거니?"

미야자키는 자신의 그림을 보았어요. 도화지에는 알록달록한 색채로 비행기,

로봇, 배 등이 그려져 있었어요.

"그림을 이렇게 그리면 안 돼. 너무 단순하잖니?"

선생님은 이에 그치지 않고 반 아이들에게 주의를 주었어요.

"그림은 만화가 아니란다. 미야자키를 따라서 그리는 일은 없도록 하렴."

친구들 앞에서 무안을 당한 미야자키는 얼굴이 빨개졌어요.

집으로 돌아간 미야자키는 아버지에게 그림을 보여 주었어요. 아버지는 미야

자키의 그림을 유심히 보았어요.

'아버지는 뭔가 다른 말씀을 해 주시겠지?'

하지만 아버지도 선생님과 똑같은 말씀을 하셨어요.

"그림이 너무 단순하구나. 꼭 만화 같아."

상처를 받은 미야자키는 그림을 그리는 방법을 바꿔 보기도 했지만 어떻게 그

리든 만화 같기만 했어요.

'그림 그리는 걸 그만둘까?'

고민이 이어지던 어느 날이었어요. 미야자키는 <백사전>이라는 중국 애니메이션을 보았어요. 그것을 본 미야자키는 자신의 진로를 깨달았어요.

'아! 내 그림은 애니메이션에 잘 어울리겠구나.'

그는 그때부터 애니메이션을 위한 그림을 그리기 시작했어요. 그리고 훗날 애니메이션 감독이 되어 많은 아이들의 영웅이 되었습니다.

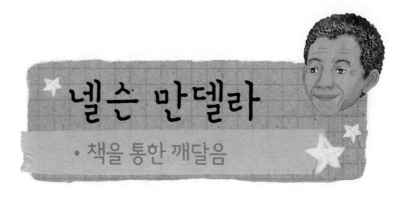

넬슨 만델라
• 책을 통한 깨달음

넬슨 만델라는 남아프리카 공화국의 한 부족 족장의 아들로 태어났어요.

"자, 대지의 소리를 들어 보렴. 네 조상들이 이룩한 이 대륙이 느껴지니?"

그는 어른들에게 아프리카 대륙의 위대함과 조상의 용맹함을 듣고 자랐어요.

청년으로 성장한 만델라는 백인들의 지배를 받고 있는 아프리카 흑인들의 실상에 대해 들었어요.

"돈도 안 주고 부려먹기만 한대."

"백인들한테 죽기 직전까지 맞는 흑인을 본 적도 있어."

만델라는 굶주리고 학대당하는 흑인들의 이야기를 들을 때마다 가슴이 아프고 화가 났어요. 그는 아버지에게 말했어요.

"아버지, 전 요하네스버그로 가겠어요."

요하네스버그는 남아공에서 가장 큰 도시이자 아프리카에서 최고로 번영한 상공업 도시예요. 그곳에는 주로 백인들이 거주하고 있었어요.

"부족에 남아 있으면 족장이 될 수 있을 텐데, 그걸 포기하고 가겠다는 거니?"

"네. 사람들을 돕고 싶어요."

만델라의 의지는 확고했어요.

요하네스버그로 간 만델라는 그곳에서 백인들이 흑인들의 인권을 얼마나 짓밟고 있는지 똑똑히 알게 되었어요. 이 사실을 직접 보게 된 만델라는 흑인들의 인권 보장을 위해 평생을 바치기로 결심했어요.

'더 이상 내 가족이, 내 친구가, 내 종족이 짓밟히는 모습을 보고만 있지 않겠어.'

그는 핍박에서 벗어나는 방법으로 독서를 택했어요. 그는 밤마다 몰래 숨어서 법률서를 비롯한 많은 책을 읽었어요. 백인들의 눈에 띄면 공부를 못하게 억압받을 수 있던 시절이었기 때문에 더욱 조심해야 했습니다.

마침내 그는 꿈에 그리던 인권 변호사가 되었어요. 그리고 흑인의 인권을 보호하기 위한 사무실을 열었어요. 인종 차별 정책을 펼치고 있던 정부로서는 넬슨 만델라가 눈엣가시 같은 존재였어요.

"나쁜 사상을 펼친다는 혐의로 감옥에 넣어 버리자고."

결국 만델라는 정치사범으로 27년 6개월이라는 긴 감옥살이를 하게 되었어요. 그런데 그는 감옥에서 이상한 점을 발견했어요. 만델라는 순찰을 돌고 있는 교도관에게 물었어요.

"내가 가져온 책은 다 어떻게 했습니까?"

교도관은 냉정하게 말했어요.

"당신 책은 다 버렸어."

당시 감옥에서는 흑인 죄수들에게 독서를 허용하지 않았어요. 그는 참을 수 없었어요.

"아무리 죄수라지만 기본적인 인권을 침해할 수는 없소!"

그는 감옥 안에서 책을 보게 해 달라는 투쟁을 벌였어요. 처음에 교도관

들은 그의 말을 무시했어요. 하지만 점차 다른 죄수들까지 투쟁을 벌이기 시작하더니 해외의 언론에서도 이 일을 기사화하기에 이르렀어요. 결국 교도관들은 감옥에 도서관을 세울 수밖에 없었습니다.

그는 긴 시간 동안 감옥에 있으면서 무수한 책을 읽었어요. 그는 특히 그리스 신화에 나오는 영웅의 이야기인 ≪아가멤논≫이나 ≪오이디푸스 왕≫ 같은 고전을 좋아했어요. 이런 책들을 읽으면서 그는 고난 없는 인생은 없다는 진리를 깨달았어요.

'인격은 혹독한 상황에서 비로소 완성될 수 있구나.'

그리고 그는 자신도 언젠가는 감옥을 벗어나 자유로운 삶을 살 수 있으리라는 희망을 품었습니다.

최고가 된 위인

넬슨 만델라는 남아프리카공화국 최초의 흑인 대통령이자 흑인 인권 운동가예요. 그는 종신형을 받고 27년 넘게 복역하면서 세계 인권 운동의 상징적인 존재가 되었어요.

"가장 위대한 무기는 평화입니다."

그는 어느 민족에게든, 발전을 이룩하기 위한 가장 위대한 무기는 평화라고 말했어요. 하지만 그도 한때는 과격한 운동가였어요.

정부의 인종 차별이 심해지자 온 국민이 거세게 저항하기 시작했어요. 만델라는 시위 현장에서 충격적인 장면을 목격하게 되었어요. 평화적으로 시위하던 시위대에 경찰이 무차별 총격을 가해 수많은 부상자가 생기고 열여덟 명이 목숨을 잃은 것이에요.

이로 인해 만델라는 무장 투쟁에 대한 필요성을 느끼기 시작했어요. 그래서 그는 비폭력으로는 자유를 쟁취할 수 없다는 판단을 내리고, 폭력 투쟁을 하기 위해 조직을 만들게 되었어요.

폭력 투쟁을 이어가다가 투옥된 만델라가 다시 평화주의자로 바뀌게 된 것은 감옥에서 읽은 수많은 책들 때문이었어요. 그가 감옥에서 읽은 책은 그가 평화를 생각하며 화해하는 마음을 갖게 된 데 큰 영향을 주었어요. 정신력을 키우기 위해 열심히 읽은 책들은 그에게 평화라는 진리를 가르쳐 주었습니다.

"인간을 이해하고 용서하는 것이 진정한 자유이고 평화로구나."

그는 그리스 고전을 자주 읽었어요. 그 속에서 영웅이란 아무리 괴롭고 힘든 국면에 처해도 좌절하지 않는 인물이라는 걸 깨달았어요.

마음의 평화를 얻어 폭력적인 성향에서 벗어난 그는 1990년 석방된 뒤 '다인종 남아프리카' 건설을 위해 노력했으며, 1993년에는 그 공로를 인정받아 노벨 평화상을 받았어요. 그리고 이듬해 남아프리카 최초의 민주 선거에서 최초의 유색인 대통령으로 당선되어 1999년까지 재임했습니다.

여러분은 어려운 책을 읽거나 두꺼운 책을 읽게 되었을 때 겁부터 낸 적은 없나요?

"내가 과연 이해할 수 있을까?"

"이 두꺼운 책을 언제 다 읽지?"

겁낼 것 없어요. 이런 생각을 이겨 내지 못하면 책 읽기를 포기하고 말 거예요.

넬슨 만델라 대통령처럼, 책을 통해 변화할 수 있다고 생각해 보세요.

나의 가능성을 믿는다면 스스로 그렇게 변할 수 있어요. 책을 읽을 때도

마찬가지예요.

"나는 똑똑하니까 이해할 수 있어."

"이 정도 분량, 별 거 아냐!"

확신을 가져 보세요. 그렇다면 충분히 해낼 수 있을 거예요.

만델라의 어머니는 어린 만델라에게 종종 아프리카 민담을 들려주었어요.

"얘야, 또 재미있는 이야기 들려줄까?"

만델라는 어머니의 이야기를 들을 때가 가장 즐거웠어요. 어머니는 이야기를 시작했어요.

"늙고 병든 여인은 눈곱 때문에 앞이 잘 보이지 않았어. 그런데 팔에 병이 들어 손을 쓸 수 없었지. 그래서 어느 날, 지나가던 여행자에게 눈곱을 닦아 달라고 도움을 청했단다. 여행자는 눈곱이 덕지덕지 낀 늙은 여인의 요청을 거절했지."

"그래서 여인은 어떻게 했어요?"

만델라는 호기심이 가득한 눈빛으로 어머니에게 질문했어요.

"그러자 그 여인은 다른 여행자에게 자신의 눈곱을 닦아 달라고 부탁했단다. 그 여행자는 내키지는 않지만, 늙은 여인의 눈곱을 닦아 주었어. 다들 모르는 척하는 게 불쌍했거든."

만델라는 이어지는 이야기를 기다리며 침을 꿀꺽 삼켰어요.

"그 순간, 여인은 젊고 아름답게 변신했단다. 여행자는 그녀와 결혼해서 부자가 되어 잘 살았지."

어머니가 들려주신 이 이야기는 어린 만델라의 가슴에 오랫동안 남았어요. 어

머니는 만델라에게 미덕과 너그러움은 우리가 알지 못하는 방식으로 보답해 준

다는 교훈을 주고 싶었던 것이에요.

　넬슨 만델라는 어머니의 바람대로 남아공

백인들의 더러운 눈곱을 손수 지극정성으로

닦아 준 지도자가 되었답니다.

장 앙리 파브르

• 책을 읽으며 고난을 이겨 내다

"더 이상은 버틸 힘이 없구나. 이제부터 따로 살아야 할 것 같다."

파브르의 아버지가 말했어요. 같이 살 수 없을 만큼 가난해진 파브르의 가족은 파브르가 열다섯 살이 되던 해에 뿔뿔이 흩어져서 살았어요. 가족과 헤어진 파브르는 혼자 돈을 벌어야 했습니다.

파브르는 학교에 다닐 수 없었어요. 그는 건물 짓는 곳에 가서 흙을 나르기도 하고 거리에서 과일을 팔기도 했어요. 힘든 생활의 연속이었지만 책이 있어서 그나마 큰 위로가 되었어요.

'제대로 할 수 없을지라도 공부를 손에서 놓으면 안 돼.'

파브르는 일하는 틈틈이 책을 읽었어요.

하루는 공사장에서 일을 마치고 돌아오는 길이었어요. 하루 종일 제대로 먹지 못해 파브르의 배에서는 꼬르륵 소리가 났어요.

'아, 배고프다. 얼른 저녁 먹으러 가야지.'

파브르는 저녁 식사를 맛있게 먹는 상상을 하며 주머니에 들어 있는 돈을 만지작거렸습니다.

'이 돈이면 맛있는 저녁을 사 먹을 수 있겠지? 뭘 먹을까?'

그런데 그때, 파브르는 서점 앞을 지나게 되었어요. 서점 문 앞의 진열장에 배치되어 있는 시집 한 권이 눈에 띄었습니다. 그것은 당시 많은 사람들로부터 사랑받는 유명한 시인 루브르의 시집이었어요.

'어? 저 책 내가 사고 싶었던 책인데…….'

파브르는 그 시집을 꼭 사고 싶었어요. 하지만 주머니에 든 돈을 계산해 보니 오늘 저녁 값밖에 되지 않았어요. 만약 책을 사고 나면 다음 날 식사비를 벌 때까지 굶어야 했습니다. 파브르는 고민에 빠졌어요.

'시집을 살까? 저녁을 굶을까?'

파브르는 서점에 들어가 시집을 어루만졌어요. 시집은 마치 자신을 사 달라고 속삭이는 듯했습니다. 파브르는 큰마음을 먹고 시집을 들고 계산대 앞에 섰어요.

"이 책 주세요."

루브르의 시집을 품에 안은 파브르는 기쁜 마음으로 서점을 나왔어요. 사람들이 많은 번화가를 벗어나 한적한 거리로 접어들고 있었어요. 그는 주린 배를 부여잡으며 거리를 걸었습니다.

파브르는 코를 킁킁거렸어요. 멀지 않은 곳에서 달콤한 냄새가 풍겨왔어요. 그는 냄새가 나는 곳을 향해 뛰어갔어요.

파브르의 눈앞에는 먹음직스럽게 익은 포도송이가 주렁주렁 달린 포도밭이 펼쳐졌습니다. 그는 더 이상 허기를 참을 수가 없었어요. 파브르는 포도밭으로 달려갔어요. 그리고 입 안 가득 포도를 넣었습니다.

'이렇게 맛있다니.'

파브르는 포도를 씹으면서 주머니 가득 포도를 챙겼어요. 그리고 주인이 나타나기 전에 서둘러 그곳을 벗어났어요.

파브르는 근처에 있는 풀밭으로 가 누웠어요. 그는 포도를 먹으며 시를 읽었습니다. 아름다운 시를 읽으면 읽을수록 그는 포도를 훔친 자신이 부끄러웠어요.

'포도나 훔치는 내가 아름다운 시를 읽을 자격이 있을까?'

파브르는 남의 물건에 손을 댄 자신을 용서하기 어려웠어요. 그는 무릎을 꿇었어요. 그리고 하늘을 향해 기도했습니다.

'하느님, 배가 고프다는 핑계로 남의 물건에 손을 대었습니다. 용서해 주세요. 나중에 훌륭한 사람이 되어 반드시 오늘 제가 훔친 것의 몇 배로 어려운 사람들을 돕겠습니다. 그러니 제발 저를 용서해 주십시오.'

최고가 된 위인

장 앙리 파브르는 1823년 12월 22일에 프랑스 남부에서 농부의 아들로 태어났어요.

워낙 가난한 산골이다 보니 세 식구의 생계를 해결하기도 벅찬 까닭에, 파브르는 불과 세 살에 부모 곁을 떠나 할아버지, 할머니와 함께 살았어요. 그리고 일곱 살이 되어서야 고향으로 돌아와 가족과 함께 살며 학교에 다닐 수 있었습니다.

파브르는 어린 시절부터 똑똑해서 거의 독학으로 읽기를 터득했어요. 하지만 그는 학교에 가는 날보다 집안일을 도울 때가 더 많았어요. 그가 난생 처음 맡은 일거리는 집에서 키우는 오리 떼를 돌보는 일이었어요.

파브르는 오리에게 물을 먹이기 위해 오리들을 물가로 몰았어요. 오리가 물을 마시는 사이 파브르는 강가에서 반짝이는 돌멩이를 발견했어요. 호기심이 많았던 파브르는 반짝이는 돌들을 주머니에 가득 담아서 집으로 가져갔어요. 그의 부모님은 장차 집안을 이끌 큰아들이 쓸모없는 돌멩이에만

정신이 팔려 있다고 야단을 쳤어요. 파브르는 훗날 곤충 연구를 하면서도

종종 이런 오해와 비난을 들어야 했어요. 하지만 이런 호기심과 관찰력이

훗날 그를 최고의 곤충학자로 키워 주었어요.

파브르에 대해 사람들이 잘 모르는 사실이 하나 있어요. 대부분 그가 호기심과 관찰력 덕분에 유명한 곤충학자가 되었다고 생각해요. 하지만 그가 위인이 될 수 있었던 이유 중의 하나에는 독서도 포함되어 있어요.

파브르는 열 살 때부터 그리스 로마 고전을 읽는 것을 좋아했어요. 그는 나중에 사범학교에 장학금을 받으며 입학하게 되었는데 이것은 모두 어릴 때 고전을 읽었던 덕분이에요.

그는 성인이 된 뒤 당시 기준으로 엄청나게 많은 책을 소장했어요. 그중 상당수가 어릴 때부터 좋아했던 그리스 로마 고전이었어요.

여러분은 고전 읽기를 좋아하나요?

"고전은 너무 어렵고 따분해요."

"옛날에 있었던 일을 지금 왜 읽는지 모르겠어요."

고전 중에는 평소에 잘 쓰지 않는 어려운 말이 포함되어 있는 것이 사실이에요. 어떤 작품은 지루하고 어렵기도 해요. 하지만 고전은 어떤 시대에 존재하든 살아 있는 가치를 담고 있어요. 이를 테면 효도하는 자세나 친구를 사랑하는 마음, 스승을 공경하는 태도 등이에요.

또한 모든 고전은 그 책이 나왔을 당시에는 문제작이었어요. 그 말은 현실과 싸우고 부딪히고 고민한 결과물이란 뜻이에요. 그 깊이와 열정이 지금까지 살아남아 고전이란 이름으로 우리 곁에 있는 거랍니다. 과거의 것이지만 현재에 영향을 미치고 미래를 여는 힘이 바로 고전이라고 할 수 있어요.

여러분, 고전을 읽을 준비가 되었나요? 망설이지 말고 지금부터 읽어 보세요. 고전 속에서 쓰였던 해결책들이 현재 여러분의 고민을 해결해 줄 거예요.

파브르는 어린 시절 너무 가난해서 장난감이 없었어요. 그래서 벌레의 생김새를 관찰하고 생활하는 모습을 살펴보며 놀았어요.

≪파브르 곤충기≫는 곤충과 함께 유년기를 보낸 파브르가 프랑스 남부의 프로방스에서 중학교 교사를 은퇴한 뒤부터 쓴 곤충 연구서예요. 애정과 인내심을 갖고 곤충을 관찰한 그는 파브르 곤충기를 통해 본능에 바탕을 둔 곤충류의 생활을 정확하게 밝히고 있어요. 이 책이 특별한 이유는 파브르가 독특한 시적 표현을 섞어서 이야기를 전개하고 있기 때문이에요.

파브르는 1879년부터 1907년까지 곤충기를 냈어요. 총 열 권으로 구성된 ≪파브르 곤충기≫에는 그가 일생을 바쳐 관찰한 곤충에 대한 정보뿐 아니라 그의 추억도 담겨 있어요.

1권은 벌, 2~4권은 껍데기를 벗어 변하는 곤충들, 5권은 매미를 다루고 있어요. 또 6권은 쇠똥구리를, 7권과 8권은 꿀벌, 파리 등 여러 곤충에 대해, 9권은 거미와 전갈, 10권은 다시 쇠똥구리에 대해 이야기하고 있습니다.

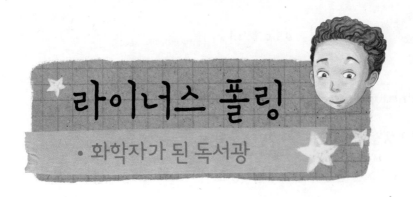

라이너스 폴링

• 화학자가 된 독서광

폴링이 아홉 살 되던 해였어요. 폴링의 아버지는 두 번째 부인과 이혼을 한 후 가족들 앞에서 이와 같이 말했어요.

"결혼하고 싶은 여자가 있습니다."

아버지는 딸 나이 또래의 젊은 학교 교사와 세 번째 결혼식을 올렸어요. 그는 어린 아내와 새로운 가정을 꾸리기 위해 포틀랜드로 이사하기로 결정했어요.

폴링은 아버지에게 물었어요.

"아버지, 이사 안 가면 안 돼요?"

아버지는 어린 폴링의 의견에는 별 관심이 없었어요.

"이사 갈 곳은 이곳보다 훨씬 크고 좋은 동네란다. 너도 막상 가 보면 그 동네를 좋아하게 될 거야."

폴링은 태어나서 이제껏 살아온 도시를 떠나는 것이 무서웠어요.

'이제 엄마도 없는데 친구들과도 헤어져야 하다니……'

포틀랜드로 이사가는 것은 폴링에게 쓸쓸함을 안겨 주었어요. 그는 이사한 후 친구들의 빈자리를 독서로 채웠어요.

폴링의 아버지는 독서를 그다지 좋아하지 않았어요. 그래서 집에는 책이 몇 권 없었습니다. 폴링은 그 책들을 여러 번 반복해서 읽었어요. 그중에서도 중세기 영국의 색슨 족과 노르만 족 간의 대립을 배경으로 한 사랑과 모험담을 그린 ≪아이반호≫와 소녀 앨리스의 모험 이야기인 ≪이상한 나라의 앨리스≫, ≪거울 나라의 앨리스≫를 좋아했어요.

'나도 색슨 족이 되어서 전쟁에 나가고 싶다.'

'앨리스처럼 낯선 세계에 혼자 뚝 떨어지면 난 어떻게 할까?'

폴링은 책들을 읽으며 상상의 나래를 펼쳤어요.

폴링은 친구들에게 인기도 없었고 운동도 잘 못했으며 반장으로 선출된 적도 없었어요. 선생님들도 그에게 특별한 관심을 두지 않았어요. 다들 그저 폴링을 조용한 소년이라고 생각했어요. 사람들이 관심을 두지 않을수록 폴링은 독서에 열중했어요.

'새 책이 필요해.'

폴링은 책이 너덜너덜해질 정도로 읽은 후에 아버지에게 갔어요.

아버지는 폴링이 방으로 들어온 것도 눈치 채지 못할 정도로, 일하느라 정신이 없었어요.

"아버지."

아버지는 폴링의 부름에 그제야 고개를 들었어요.

"무슨 일이냐?"

"이제 전 뭘 읽지요?"

"뭐라고?"

"읽을 책이 없어요."

아버지는 아들의 특별한 지적 능력을 잘 몰랐기 때문에 폴링을 제대로 챙겨 주지 못했어요.

아버지는 포틀랜드의 한 잡지의 편집자에게 편지를 썼어요. 아버지는 폴링에 대해 설명한 후 이런 질문을 적었어요.

'이런 아이의 책꽂이에는 어떤 책들이 어울리겠습니까?'

아버지는 정작 본인이 책을 잘 몰랐기 때문에 이렇게 편지를 써서라도 독서광인 아홉 살 아이의 독서 문제를 해결해 보려고 했던 것이었어요.

폴링의 독서 수준을 아버지가 알게 된 후부터, 폴링은 더 많은 책과 다양한 책을 읽을 수 있게 되었습니다.

최고가 된 위인

라이너스 폴링은 100년이 넘는 노벨상의 역사 속에서 두 차례나 노벨상을, 그것도 단독 수상한 유일한 인물이에요. 그는 화학 결합의 이론을 정립해 DNA의 연구에 공헌해 노벨 화학상을 받았고 반전, 반핵 운동을 펼친 공로로 노벨 평화상을 받았습니다.

사람들은 라이너스 폴링을 20세기 분자 생물학 분야에 획기적인 기여를 했다고 해서 '현대 화학의 아버지'라 부르기도 해요. 그리고 폴링은 역사상 가장 중요한 과학자로 뉴턴, 아인슈타인과 함께 선정되기도 했어요.

그러나 라이너스 폴링의 어린 시절은 평탄하지 못했어요. 폴링은 미국 포틀랜드에서 태어났어요. 아버지는 약사였으나, 돈을 잘 벌지는 못했어요. 그래서 그의 가족은 여러 도시로 옮겨 다녀야 했어요. 아버지가 1910년에 사망한 후 어머니는 폴링과 다른 두 자녀를 부양했어요.

폴링은 학교를 다닐 수도 없어 제대로 교육을 받지 못했어요. 그는 학교에서 공부를 하는 대신 독서를 통해 기초 지식을 쌓았습니다.

폴링은 고모의 집에 방문하는 걸 좋아했어요. 그 집에는 백과사전을 포함

해 수많은 책들이 장난감 집짓기 블록처럼 수없이 쌓여 있었기 때문이지요. 그 책들은 그의 지적 호기심을 자극했습니다.

폴링은 책을 읽으며 늘 자신에게 되물었어요.

'왜 그들이 전쟁에서 진 거지?'

'왜 작가는 이렇게 쓴 걸까?'

질문하는 독서 습관은 그가 화학자로서 연구를 할 때에도 영향을 끼쳐 결국 그를 '현대 화학의 아버지' 자리에 올려놓았습니다.

책을 읽을 때는 항상 질문을 하며 읽어야 해요. 질문은 새로운 답을 구하기 위한 최고의 방법이기 때문이에요. 질문 없이 책을 읽으면 저자의 생각을 그대로 따라가게 되는 경우가 생겨요. 이렇게 되면 새로운 것을 얻기는 하지만 그것을 얻는 방법에 대해 배울 기회를 잃게 된답니다.

질문이 필요한 이유는 또 있어요. 작가의 주장이 항상 옳지는 않기 때문이에요. 그래서 우리는 독서를 하면서 자기 자신에게 끊임없이 질문을 던져야 해요.

'왜?'

'다른 이유는 없을까?'

'난 작가와 생각이 다른데 무엇 때문에 이런 차이가 생긴 거지?'

질문을 하다 보면 여러분의 논리가 확장된답니다. 그렇게 하다 보면 어느 날 창의성을 발휘하는 자신을 발견하게 될 거예요.

자, 그럼 이제 스스로에게 질문해 볼까요?

라이너스 폴링은 아인슈타인에 견주어지기도 했을 만큼 뛰어난 학자였을 뿐 아니라 반전 운동을 주도한 사회 운동가였어요.

그는 2차 세계대전 시 처음엔 무기 개발에 참여했지만 히로시마 원자 폭탄 폭격 후 과학자로서 책임을 느끼고 1946년부터 반전, 반핵 평화 운동을 전개했어요. 이러한 활동의 단면을 보여 주는 일화가 있어요.

일본이 아무런 선전 포고도 없이 미국 하와이의 진주만을 공습하던 무렵이었어요. 그 시절 폴링의 집에는 일본인이 정원사로 일하고 있었습니다.

진주만 공습이 있은 후 미국 정부는 일본인들을 격리 수용하기 시작했어요. 그때 미군들이 폴링의 집으로 들이닥쳤어요.

"여기 일본인이 있다는 이야기를 들었습니다."

"있긴 합니다만, 무슨 일입니까?"

"그 사람을 데려가야겠습니다."

폴링은 아무 죄도 없는 정원사를 수용소로 보낼 수 없었어요.

"그는 아무런 잘못도 하지 않았소. 내가 보장하오."

"일본인이라면 무조건 수용소에 들어가야 합니다."

폴링은 끝내 미국 정부의 명령을 거부하고 정원사를 집에 숨겨 주었어요.

그는 미군들이 돌아간 후 집 앞에 붉은색으로 아래와 같이 써서 내걸었어요.

"미국인들이 사망한 건 슬픈 일이다. 하지만 나는 일본인들을 사랑한다."

그는 일본인 집단 격리 수용을 반대하고 반전, 반핵 운동을 멈추지 않았어요.

그리고 1962년, 세계 평화에 기여했다는 공로로 노벨 평화상을 받았습니다.

톨스토이

● 독서의 즐거움

톨스토이는 대학에 들어가긴 했지만 학교생활이 재미없었어요. 여름 방학이 시작될 무렵, 그는 형에게 물었어요.

"형, 도대체 학교는 왜 다녀야 하는 거야?"

"남들도 다 다니니까. 학교를 다니지 않으면 인정해 주지 않잖아."

톨스토이는 한숨을 쉬었어요. 형은 톨스토이에게 휴식이 필요하다고 생각했어요.

"시간도 많은데 나랑 여행 가지 않을래?"

톨스토이는 만사가 귀찮았어요.

"싫어. 난 그냥 집으로 돌아갈래."

톨스토이는 재미없는 학교를 떠나 어서 고향으로 돌아가 쉬고 싶었어요. 그는 기숙사에서 서둘러 짐을 챙겼어요. 옷 몇 벌을 싸 들고 기숙사를 나서던 톨스토이는 발걸음을 멈췄어요.

'아, 그걸 까먹었군.'

톨스토이는 책상 위에 있던 것을 집었어요. 그것은 톨스토이가 지루하지 않다고 여기는 유일한 것, 바로 책이었습니다. 그는 알렉상드르 뒤마가 쓴 ≪몬테크리스토 백작≫을 가방 안에 넣었습니다.

"야스나야 폴랴나로 가시는 분들은 이 마차를 타십시오."

역 마차의 마부가 사람들을 향해 소리쳤어요. 톨스토이는 고향으로 가는 마차에 올라탔습니다.

마차에 들어선 톨스토이는 미간을 찌푸렸어요. 어둡고 좁은 마차 안에 사람들이 다닥다닥 붙어 앉아 있었어요. 사람들이 많은 공간을 싫어하는 톨스토이는 숨이 막히는 것 같았어요.

'이렇게 많은 사람들이랑 2주나 같이 있어야 한다니.'

그는 여덟 권의 책을 무릎 위에 올려놓았어요.

'2주일간의 길고 지루한 마차 여행을 견디는 데 책을 읽는 것보다 더 좋은 건 없지.'

≪몬테크리스토 백작≫은 한 인간의 파란만장한 일대기를 담은 장편 소설이에요. 톨스토이는 여덟 권의 장편 소설을 모두 읽을 셈이었습니다.

마차는 끊임없이 흔들려 독서에 집중하기 힘들었지만 톨스토이는 개의치 않았어요. 그는 14년간 억울한 감옥살이를 한 몬테크리스토 백작의 이야기에 푹 빠져 있었어요.

울퉁불퉁한 도로로 접어든 마차는 더욱 덜컹거렸어요. 멀미를 이기지 못한 대부분의 승객들은 꾸벅꾸벅 졸았어요. 그럴수록 톨스토이는 책에 더 집중했어요.

옆에 앉아 있던 한 승객이 그에게 물었어요.

"마차 안에서 책을 읽는 게 불편하지 않소?"

톨스토이는 책에서 눈을 떼지 않은 채 대답했어요.

"전혀요. 오히려 책 덕분에 지금 제가 따분한 마차 안에 있다는 사실을 잊을 정도예요."

톨스토이에게 질문을 한 승객은 이해하지 못하겠다는 듯 어깨를 으쓱했어요. 책장을 넘기는 톨스토이의 손은 멈추지 않았어요.

"자, 야스나야 폴랴나 역입니다. 내리시는 분들은 짐을 꼭 챙기세요."

마부의 목소리에 톨스토이는 번뜩 정신을 차렸어요. 그의 손에는 ≪몬테크리스토 백작≫의 마지막 권이 쥐어져 있었어요.

'벌써 고향에 온 건가?'

톨스토이는 창밖을 내다보았어요. 하얀 구름이 흘러가는 파란 하늘 아래서 땀 흘려 농사를 짓고 있는 농부의 모습이 보였어요.

그는 서민들의 삶을 그린 책을 읽으면 읽을수록 그들이 더 가깝게 느껴졌어요.

'저들의 이야기를 재미있게 써야겠어. 누구든 긴 시간 동안 여행하려고 할 때 내 책을 읽으며 즐거운 시간을 보낼 수 있도록!'

톨스토이는 다 읽은 책을 가방에 넣고 마차에서 내렸습니다.

최고가 된 위인

"우리는 톨스토이에 관한 책들만으로도 도서관 하나를 꽉 채울 수 있을 것이다. 여기에는 그 나름의 이유가 있다. 볼테르와 괴테 이래로 그토록 오랜 기간에 걸쳐 그런 명성을 누린 작가가 없기 때문이다."

세계 문학에서 중요한 작가 중 한 명인 레프 니콜라예비치 톨스토이는 1828년 8월 28일, 러시아의 야스야나 폴랴나에서 태어났어요.

어린 나이에 부모를 잃은 톨스토이는 무엇이 되고 싶다는 꿈이 없었어요. 열여섯 살에 대학에 입학했지만 불과 3년 만에 공부를 포기했어요. 그는 방탕한 생활에 빠져 빚을 많이 지기도 했어요.

젊은 시절, 무의미한 시간을 보내던 톨스토이를 작가의 길로 인도한 것은 다름 아닌 책이었어요. 그는 책을 통해 역사를 배우고 세계를 보고 철학을 탐구했어요.

'농민들을 위해 글을 써야겠다.'

수많은 책을 읽은 톨스토이는 자연스럽게 자신의 생각을 글로 쓰게 되었습니다.

톨스토이는 농민에 대한 깊은 관심과 애정을 품었어요. 그는 늘 농민의
소박한 삶과 그들의 긍정적인 생각에 진정으로 감탄했어요. 그는 따분한
이야기만 하고 지루한 글을 쓰는 귀족들과는 잘 어울리지 않았어요.
'내용과 담겨진 뜻도 중요하지만 책은 무엇보다도 재미있어야 해.'

그는 자신의 신념을 바탕으로 19세기 러시아 귀족 계급의 결혼 생활을 묘사한 ≪안나 카레니나≫와 전쟁과 그 전쟁 속에서 살아가는 사람들을 그린 ≪전쟁과 평화≫와 같은 대작을 남겼어요.

여러분, 혹시 이런 다짐을 하곤 하지 않나요?

"오늘 안에 이 책을 꼭 다 읽어야 해!"

이런 다짐을 자주 한다면 여러분은 의무감으로 책을 읽고 있는 사람이에요. 물론 이런 태도가 나쁘기만 한 것은 아니지만, 이런 식으로 읽다 보면 독서가 지루해져요. 그리고 책 속에 담긴 의미 있는 뜻들을 그저 빨리 읽기 위해 넘길 수도 있어요.

오히려 재미로 독서를 하는 사람이 새로운 것을 발견하고 배울 가능성이 높아요. 우리가 어떤 일을 하는 게 즐겁다면 그것에 투자하는 시간은 아깝게 느끼지 않기 때문이에요. 그러면 그만큼 얻을 수 있는 것들도 많아지게 마련이죠.

이제부터 독서를 좀 더 즐겁게 해 보세요. 그렇다면 앞으로 책을 읽는 시간이 재미와 즐거움을 줄 수 있는 충전의 순간이 될 거예요.

어느 날이었어요. 길을 걷고 있는 톨스토이에게 남루한 차림의 거지가 다가왔어요.

"한 푼만 줍쇼."

"잠깐만 기다리시오."

톨스토이는 호주머니를 뒤져 돈을 찾았어요. 그러나 동전 한 닢도 없었어요. 톨스토이는 미안해하며 말했어요.

"형제여, 정말 미안하오. 지금 돈이 한 푼도 없소."

그리고 가던 길을 가려는데 거지가 앞길을 가로막았어요. 그러더니 허리를 구부려 톨스토이에게 인사를 하는 것이 아니겠어요?

톨스토이는 당황스러웠어요.

"돈도 주지 못했는데 왜 인사를 하는 것이오?"

거지는 고개를 들었어요.

"누구신지는 모르겠으나 선생님은 제가 원하는 것보다 더 큰 것을 주셨습니다."

톨스토이는 이해가 되지 않았어요.

"도대체 무엇을 말이오?"

거지는 눈물을 글썽거리며 말했어요.

"그것은 저를 형제라고 불러 주신 것입니다."

톨스토이는 후에 거지와 만난 일을 회상하며 이렇게 말했어요.

"거지와 만난 후 진정으로 변한 건 거지가 아니라 내 자신이었다."

톨스토이는 그 후로 농민과 생활하는 여생을 살기로 결심했어요. 그리고 농민

의 삶을 정확히 포착한 작품을 써 대문호

라는 칭호를 듣게 되었습니다.

박제가

• 책 속에서 희망을 찾다

박제가는 후처의 아들로 태어났어요. 조선시대에는 정실부인의 자식으로 태어나지 않으면 '서자'라고 불렸어요. 서자는 양반의 아들이긴 했지만 신분이 낮았어요. 그래서 관직에 나아가도 높은 직위에 오를 수는 없었습니다.

서자들은 어릴 때부터 차별을 당했어요. 서당에 가면 아이들은 박제가를 놀리기 바빴습니다.

"서자 주제에 공부는 해서 뭐해?"

"너 따위랑 같이 공부하고 싶지 않아."

박제가는 따돌림을 당할 때마다 괴롭고 힘들었어요. 그래서 아이들과 자주 다퉜어요.

"나도 양반의 자식이라고! 그만 좀 괴롭혀!"

하지만 싸우고 난 뒤 혼나는 건 박제가뿐이었어요. 훈장님도, 어른들도
박제가를 탓했어요.

"네가 감히 우리 아이의 얼굴에 손을 댄 것이냐? 서자 주제에."

"저 끝에 가서 손들고 서 있어라!"

울면서 집으로 돌아간 박제가는 어머니에게 말
했어요.

"서당에 나가고 싶지 않아요. 제가
공부는 해서 뭐하겠어요? 어차피 신
분도 낮은데!"

어머니는 눈물을 글썽이는 아
들을 다독였어요.

"어미의 생각은 다르다.
신분을 떠나서 배움은
중요한 거란다."

어머니는 박제가를 자기 생명처럼 아꼈어요. 그리고 박제가가 똑똑한 아이라는 것을 알고 있었습니다. 그래서 어려운 살림에도 박제가를 훌륭한 서당에 보냈어요. 그리고 박제가에게 책을 읽게 하고 베껴 쓰게 했어요.

어머니 덕분에 박제가는 어릴 때부터 책 읽기를 무척 즐겼어요. 책은 신분, 재산과 상관없이 누구나 읽을 수 있었어요. 게다가 책을 읽는 순간에는 서자로서의 설움을 느끼지 않았습니다.

'책과 함께라면 나는 외롭지 않아!'

그는 어린 나이에도 책을 읽는 습관이 남달랐어요. 그는 늘 책과 함께 붓을 들고 다녔어요.

어느 날, 어머니와 식사 중이던 때였어요. 그는 밥 한 숟가락 먹고 책 한 장 넘기고, 밥 한 숟가락 먹고 글자를 썼어요. 어머니는 그런 박제가를 나무랐어요.

"얘야, 식사에 집중해야지."

박제가는 머리를 긁적이며 그제야 붓을 책 위에 내려놓았어요.

뿐만 아니었어요. 산책을 할 때도 한 손에는 책, 한 손에는 붓을 들었어요.

그러던 어느 날, 화장실에 가는 박제가의 모습을 본 어머니가 소리쳤어요.

"얘야, 넌 화장실에 갈 때도 그걸 가져가니?"

박제가는 입에 붓을 물고 화장실에 들어갔어요. 그는 화장실에서 일을 볼

때도 책을 읽고 붓으로 허공에 글씨를 썼어요.

박제가는 책을 읽는 것으로 만족하지 않았어요.

'책을 눈으로 읽는 것만으로는 많은 걸 얻을 수 없어.'

그는 책을 다 읽은 다음 그것을 꼭 세 번씩 베껴 썼어요. 그러면서 지금까지 머릿속에 있던 내용들을 정리했습니다.

그는 이 세상에 아무 노력 없이 얻을 수 있는 것은 없다고 생각했어요.

'책을 통해 무언가를 얻고 싶다면 나도 무언가를 주어야 해.'

박제가는 책에게 정성을 듬뿍 주었어요. 그리고 그 대가로 지혜를 얻었습니다.

최고가 된 위인

박제가는 1750년 11월에 서울에서 밀양 박 씨 가문에서 태어났어요. 그의 아버지는 양반이었지만, 박제가는 후처의 아들이었기 때문에 서자라는 신분적 제한으로 불우한 어린 시절을 보냈어요.

박제가는 눈앞에 늘 벽이 있다고 생각했어요.

'내 신분으로 과연 사람답게 살아갈 수 있을까?'

당대를 지배하던 신분 관계는 박제가에게 커다란 벽이긴 했지만, 워낙 영리하고 글을 읽고 쓰기를 즐겼던 그는 당대 학자들에게 사랑을 받았어요.

박제가는 늘 보다 나은 세상을 꿈꾸며 그런 세상을 이루려 노력했어요. 자신의 조국보다 선진화된 청나라를 오가며 보았던 것은 그의 시각을 한층 더 넓혀 주었어요.

'우리나라도 선진 문물을 받아들이면 더 발전할 수 있어!'

시대를 앞서 가는 이런 생각은 하루아침에 생겨난 것이 아니었어요. 어려서부터의 독서 습관이 세상을 읽는 눈을 뜨게 해 준 것입니다. 학문에 뛰어나고 시, 글씨, 그림 등 예술적인 면에서도 재능이 있었던 박제가에게 책은 큰 힘이 되어 주었어요.

그는 국내의 책뿐만 아니라 외국에서 나오는 책도 기회만 되면 구해 읽었어요. 그가 청나라에 수행원으로 가면서 얻는 즐거움 중 하나가 청나라의 책을 구하는 일이었어요.

그는 이러한 열정적인 독서를 통해 현실을 진단하고 미래로 가는 길을 파악하고자 했어요.

'아무리 많은 독서를 한다 해도 그 얻은 지식을 써먹지 못한다면 그것은 아무 소용이 없다.'

박제가는 독서로 얻은 지식을 제대로 활용하려면 제대로 독서를 해야 한다고 생각했어요.

그는 책 내용 그대로를 받아들이기보다는 자신의 태도나 입장에 따라 창의적으로 독서하는 모습을 보여 주었어요. 그리고 읽고 베껴 쓰고의 반복을 통해 책의 내용을 완전히 자기의 것으로 소화하고자 했어요.

여러분들은 책을 읽고 독후감을 쓰고 있나요?

"열심히 독서했으니 꼭 감상문으로 남길 필요는 없지 않나요?"

하지만 책을 읽고 그냥 생각하는 것보다는 글을 쓰는 것이 보다 창의적인 두뇌 활동을 자극해요.

자신의 생각을 글로 옮기는 습관을 들여 보세요. 글쓰기는 그냥 머릿속으로 생각하는 것과는 달리 종이 위에 생각의 흔적을 남길 수 있어요. 이 흔적이야말로 여러분의 독서의 결과물이 된답니다.

≪북학의(北學議)≫는 박제가가 청나라 여행 및 연경을 시찰하고 돌아온 후 그동안 자신이 연구한 것과 연경에서 직접 본 경험적 사실에 대한 자신의 견해를 더해 쓴 책이에요.

이 책에서 박제가는 상공업과 농경 생활에 관한 기초적인 문제를 집중적으로 다루고 있어요. 그는 중국을 본받아 상공업을 발전시키고 농경 기술을 개선시켜야 농민들이 잘살 수 있으리라 믿었습니다.

당시의 풍조로 보아 청나라인 중국을 선진국으로 인정한다는 것은 매우 혁명적인 생각이었어요. 왜냐하면 현실적으로는 정치적인 대외 정책으로 말미암아 청나라와 사대의 관계를 맺고 있으면서도, 병자호란 이후 청나라를 멸시하는 풍조가 있었기 때문이에요.

양반들은 이렇게 말했어요.

"왜 남의 나라를 베끼려고 합니까? 다른 나라의 물건 없이도 우리나라는 발전할 수 있소."

그러나 박제가는 박해를 무릅쓰고 자신의 주장을 굽히지 않았어요. 나라를 구하고, 백성을 구하는 일은 오직 선진국을 배우는 길밖에 없다고 주장했어요.

"사람들이 뭐라고 하더라도 일단 좋은 것은 배우고 또 배워야 합니다."

그는 계속되는 전쟁을 당장 멈추고 과학 기술 교육을 위해서 서양의 학문을 배워야 한다고 생각했어요. ≪북학의≫는 당시 우리나라 도시와 농촌의 의식주에 관한 귀중하고 솔직한 기록도 담겨 있어요.

박제가의 ≪북학의≫는 그 시대를 대표할 뿐만 아니라 선진적이고 진보적인 사상이 담긴 불후의 고전이에요. 나아가 우리가 계승해야 할 고귀한 유산이랍니다.